L'AFFAIRE
MADELEINE VINCENTE

Diane de Monteynard

L'AFFAIRE MADELEINE VINCENTE

Voyage au cœur de l'abandon et du secret

Récit

Éditeur : BoD - Books on Demand,
12/14 rond point des Champs Élysées, 75008 Paris, France
Imprimé par BoD - Books on Demand, Norderstedt, Allemagne

ISBN : 978-2-322-13773-2

Dépôt légal : février 2017

Pour mes filles, Lou et Hermine

« (…) plus j'avance, plus j'ai l'intime conviction que je devais le faire, non pas pour réhabiliter, honorer, prouver, rétablir, révéler ou réparer quoi que ce fût, seulement pour m'approcher. À la fois pour moi-même et pour mes enfants – sur lesquels pèse, malgré moi, l'écho des peurs et des regrets – je voulais revenir à l'origine des choses.

Et que de cette quête, aussi vaine fût-elle, il reste une trace.

J'écris ce livre parce que j'ai la force aujourd'hui de m'arrêter sur ce qui me traverse et parfois m'envahit, parce que je veux savoir ce que je transmets, parce que je veux cesser d'avoir peur qu'il nous arrive quelque chose comme si nous vivions sous l'emprise d'une malédiction, pouvoir profiter de ma chance, de mon énergie, de ma joie, sans penser que quelque chose de terrible va nous anéantir et que la douleur, toujours, nous attendra dans l'ombre. »

Delphine de Vigan, *Rien ne s'oppose à la nuit*

Prologue

Île-de-France, dimanche 30 novembre 1969, ciel dégagé

La Citroën DS noire quitta le bas de l'avenue Kléber sur les chapeaux de roue à onze heures cinquante. Elle contourna la place du Trocadéro, descendit l'avenue du Président Wilson puis rejoignit la voie sur berge rive droite. De là, elle roula à tombeau ouvert, longeant la Seine, passant devant le Grand Palais, la Conciergerie, l'île Saint Louis, jusqu'à la sortie est de Paris. Le bolide emprunta ensuite le pont de Charenton pour franchir la Marne, traversa le centre de Maisons-Alfort sans respecter les feux de signalisation, puis croisa encore quelques bourgades avant d'arriver à sa destination finale, le 86 rue du Rôle à Brunoy. Là, il évita de justesse une plaque de verglas et fit un dérapage magistral devant l'entrée réservée aux ambulances.

Le conducteur s'extirpa comme un fou de la voiture, sans prendre le temps de refermer sa portière. Il pénétra à l'arrière, disparut quelques instants et réapparut portant à bras-le-corps une forme humaine enveloppée d'une couverture rouge écarlate. Il courut tant bien que mal jusqu'à la porte d'entrée, s'engouffra dans le bâtiment aseptisé et hurla pour demander de l'aide. Ensuite, tout s'enchaîna très vite. Un infirmier prit en charge la patiente quasi inanimée, l'allongea sur un brancard et lui installa une perfusion sur le dos de la main droite. Il avait reçu des instructions.

Un ascenseur les conduisit tous les trois au sous-sol où l'obstétricien, qui avait été prévenu, les attendait au bloc un scalpel à la main. Malgré ses supplications, le conducteur ne put assister à l'opération. C'était formellement interdit. Il redoutait le pire.

L'anesthésie générale fit rapidement effet, et la césarienne ne provoqua aucune complication malgré les risques élevés d'hémorragie qui avaient été diagnostiqués quelques jours auparavant. À quatorze heures précises, un petit être de deux kilos en parfaite santé fut extirpé des entrailles de la parturiente. Dans les glaires et le sang.

La jeune femme n'entendit pas les cris, ne les entendit jamais. On la transporta dans une pièce carrelée de vert pâle sans fenêtre, la salle de réveil, où le conducteur la rejoignit après s'être entretenu avec le médecin. Le pronostic vital de la mère n'était pas engagé, mais personne ne put se blottir au creux de ses bras. Ni à ce moment-là, ni plus tard. Il en avait été décidé autrement.

Été 2016

Entre nous, je ne sais pas si ça s'est passé comme ça, comme dans un film des *sixties* ou des *seventies*, dans l'urgence absolue. Pour tout vous dire, je ne suis pas non plus certaine d'être née le 30 novembre 1969, à quatorze heures, et encore moins à Brunoy. Ni d'avoir pesé deux kilos. Alors, pour combler ce vide d'histoire, je l'avais inventée, en 2013, à partir des seuls indices que l'on m'a jamais donnés : ma mère biologique était très jeune, de bonne famille, et mon grand-père maternel, un haut fonctionnaire. Cette première page était le prologue d'un roman abracadabrant où je mettais en scène des noms, des visages, des caractères, des bonheurs et des drames partout où il y avait des trous. Et des trous, il y en a beaucoup, mais un surtout, béant, que j'ai réussi à combler, ou plutôt à éluder, pendant des années, mais qui désormais s'est transformé en précipice vertigineux au bord duquel je marche telle une équilibriste inconsciente en proie à la folie.

Tout ce qu'il me reste aujourd'hui, c'est le sentiment d'avoir été abandonnée sur le bord d'une route comme un chien sale et encombrant, à plusieurs reprises au cours de mon existence, et ce dès ma naissance. Et trois prénoms : Madeleine Andrée Vincente, que j'ai portés cinq mois et demi et qui renferment, à eux seuls, le poids du secret et des non-dits dans lesquels j'ai baigné toute ma vie.

Détrompez-vous, je ne cherche pas une autre mère ni une nouvelle maman à qui m'attacher. La mienne est morte et enterrée depuis vingt-six ans. Je cherche à savoir ce qu'il s'est passé, au moins un bout d'histoire, quelques explications, une petite lumière pour éclairer mon chemin. Et qui d'autre mieux que celle qui m'a portée, le temps de quelques mois, pour me donner la vie, pourrait me le raconter ? Parce que pour savoir où l'on va, il faut savoir d'où l'on vient. Et ça, je ne le sais pas bien.

C'est une bouteille à la mer que je lance aujourd'hui, en toute conscience, sachant pertinemment que la mer est vaste, et que ma bouteille, elle, est minuscule. À cette fin, je vous livre ici mes combats, mes stratégies, mes secrets les plus enfouis, mes excès et mes faiblesses face aux abandons dont j'ai été l'objet, pour continuer de tenir debout, d'avancer, de respirer à pleins poumons, de vivre plus qu'exister, et d'aimer. Et pour tenter de faire jaillir ce que l'on recherche tous un jour : la vérité.

Première partie

Avec Jeanne

Chapitre 1

Mes tous premiers souvenirs remontent à l'Italie. Nous habitions Nervi, la banlieue chic de Gênes. Le cadre était divin. C'est là que mes parents adoptifs avaient choisi de reconstruire leur vie. Avec moi, toute petite, toute neuve. Une remise à zéro en somme. Totale. Nous louions une maison ocre rouge aux persiennes vertes, posée sur une colline dominant la mer, avec une vue à l'infini, sur le bleu de l'eau, l'horizon, les voiliers, les rochers et les vagues. Des mimosas et des merisiers, des lauriers-roses et des cyprès peuplaient le jardin qui me semblait un parc. Une immense terrasse bordée de balustres et couverte de graviers roses me servait de salle de jeux. Le souvenir que j'ai de la cuisine est un long couloir peint de noir où trônait ma chaise haute en bois d'où je projetais, en hurlant de joie, les œufs à la coque à la figure de ma mère.

Elle, ma mère, c'était Jeanne. Une femme solaire, extravagante, extraordinaire, excessive, cultivée, mondaine à ses heures, intelligente, fantasque, parlant fort, très grande et d'une beauté rare malgré son œil borgne. Quarante-neuf ans en 1970, du haut de son mètre quatre-vingts et de ses soixante kilos, celle que ses neveux chéris appelaient tante Jeanine était un cas unique au cœur lourd. Kinésithérapeute de son état à défaut d'avoir pu faire les études de médecine dont elle avait rêvé mais que ses parents lui avaient refusées après la guerre. En Italie, c'était avant tout la comtesse de Monteynard, faisant de moi la *contessina*, car les titres de noblesse se transmettent dans ce pays de mère en fille. En France, c'était aussi Jeanne de L., l'arrière-petite-fille d'un grand compositeur français, mais surtout la femme dont la fille, Sophie, était morte d'une leucémie, en 1968, à l'âge de dix-huit ans. Pour certains, c'était celle qui avait caché la maladie à son mari et à toute sa famille, prenant sur elle, exclusivement, le calvaire de voir son enfant unique souffrir le martyre pour finalement quitter ce monde une fois pour toutes. Pour d'autres, c'était la folle dingue qui n'avait pas partagé cette douleur indescriptible et qui, en croyant et en voulant bien faire, s'était fait traiter d'hystérique.

Pour moi, maman était un soleil, celle pour laquelle je me levais chaque jour, mais c'est pourtant sur elle que je testais tous les stratagèmes possibles et envisageables pour déverser la colère que j'avais déjà au plus profond de moi. D'où les œufs à la coque, en fait…

À part eux, je ne me souviens pas de grand-chose. Ni de ma chambre, ni de ma nounou, ni de mon père, Arnoux, qui pourtant, à l'époque, était encore là à fumer ses cigarillos dans un fauteuil du salon. Seulement de l'énergie farouche qui m'animait déjà et de la rage de vivre qui faisait du bébé que j'étais un véritable petit monstre totalement ingérable. Anorexie, angines à répétition, crises de nerfs... J'essayais tout pour me faire remarquer et choyer, mais je ne saurai probablement jamais à quel âge j'ai marché ou parlé. Jeanne a bien dû me le dire mais je n'ai pas retenu ces informations qui, il me semblait alors, pouvaient faire l'objet d'une question de ma part à n'importe quel moment. Tout ce qu'il me reste, à part quelques photos, c'est un carnet de santé délabré qui ne retrace rien de mon tout premier âge.

Pourtant, un souvenir demeure gravé dans ma mémoire avec plus de précision, celui d'un choc, comme si un gros camion était venu s'encastrer dans la vitrine qu'était ma vie. Je devais avoir un peu plus de deux ans lorsque ma mère, comme souvent, me proposa une énième partie de saucisson sur le grand lit de la chambre qu'elle partageait encore avec mon père et qui donnait sur la mer, au premier étage. Je riais aux éclats, boudinée serrée dans l'immense couverture en laine, avant d'être déroulée d'un seul coup ; j'atterrissais généralement à l'autre bout du lit, le visage écarlate, prête à courir à quatre pattes pour refaire un tour. Encore, encore, encore ! Je ne me lassais jamais du regard de maman sur moi et de ses grandes mains qui me manipulaient dans tous les sens comme une poupée de chiffon. Cette fois-ci, la couverture fut tirée trop sèchement et un vol plané m'envoya violemment à terre, contre le mur, le corps endolori. Je réclamai un câlin, des baisers, et c'est ce moment que ma mère choisit pour m'expliquer qu'elle était ma maman mais que je n'étais pas sortie de son ventre. Qu'une autre femme, que l'on ne pouvait pas rencontrer, m'avait portée et donné la vie, mais qu'elle avait dû me confier et non m'abandonner. Que j'étais un cadeau. Que c'est elle, Jeanne, qui m'avait reçue, comme un don du ciel. Plus tard, elle y était revenue, n'ayant de cesse de me rappeler qu'elle m'avait même choisie, que la façon dont j'étais arrivée là était miraculeuse, que j'étais une enfant à aimer plus que tout. Faisant de moi un cas unique, suprême et absolu.

Fin de la discussion. Je me souviens parfaitement avoir été atterrée par cette révélation que j'estimai épouvantable. Et la grève de la faim commença. D'après Jeanne, je passai trois jours et trois nuits en boule dans un coin de la chambre, à refuser de m'alimenter, sans bouger, à bouder, pleurer, réfléchir, grogner, planifier sans doute ce que j'allais faire de cette information capitale.

Chapitre 2

Puis je me relevai avec, en tête, de devenir encore plus infernale et invivable que je ne l'étais déjà. Croyant peut-être que ça me permettrait de reprendre ce qu'on m'avait ôté. Car il s'agissait bien d'une amputation sauvage et d'un secret infâme. J'observai alors tout ce qui m'entourait et songeai à toutes les bêtises qu'il était imaginable de faire, comme s'il eût fallu me venger de n'être pas comme les autres, parce que je savais déjà, du haut de mes deux ans, qu'une maman, c'est vraiment de la plus haute importance.

Je décidai en premier lieu d'être une enfant insoumise et effrontée, à commencer par les jouets. Ma grande poupée fut immédiatement découpée en rondelles ; je lui crevai les yeux avec délectation et lui arrachai les cheveux. Je préférais les pistolets et les jeux de guerre. Le chaton femelle que je trouvai dans un clapier, elle-même abandonnée par sa mère à un âge peu avancé, et que l'on nomma bêtement *martedi* car on devait être un mardi le jour de sa trouvaille, devint mon souffre-douleur. Je lui sectionnai les sourcils et les moustaches, observant avec intérêt le fait qu'elle ne marchait plus droit et se cognait à tous les meubles, sautait en crabe et ne retombait plus sur ses deux pattes comme tous les chats le font, et la forçais à avaler les vers de terre que je déterrais dans les plates-bandes lorsque je ne les avais pas gobés moi-même. Je la martyrisais tant qu'en guise de représailles, elle me transmit la maladie de la griffe du chat qui me valut deux ans de piqûres intramusculaires dans les fesses et une expertise précoce du jeu de cache-cache.

Maman acceptait tout de même de m'emmener avec elle au marché, où je chipais tout ce qui avait l'air appétissant, au parc où je monopolisais le tourniquet et le tape-cul pendant des heures parmi les écureuils, et dont je refusais de partir avant la fermeture nocturne, et sur un ponton privé de Portofino nous baigner dans la grande bleue. C'est là que mon intrépidité naturelle faillit m'ôter la vie.

Un jour, je demandai négligemment une boule de glace aux noisettes à ma mère, arrachai mes brassards à peine eut-elle le dos tourné, et sautai comme une dingue dans l'eau, ivre de joie et de liberté. Une jeune fille fut témoin de la scène et vint me repêcher au fond des quelques mètres qui me séparaient de l'oxygène vital, pour me remonter à la surface et me faire cracher toute l'eau qui était déjà entrée dans mes poumons de bébé.

L'existence aurait pu être vivable à ce train-là. Pour moi en tout cas. C'était sans compter sur les pulsions sexuelles et affectives de mon cher père qui, je peux l'affirmer aujourd'hui, bousillèrent mon enfance et la santé mentale de maman. Arnoux était alors dans la fleur de l'âge. Quarante-cinq ans en 1970, sosie d'Omar Sharif moustache comprise, cet homme d'affaires à l'humour ravageur, ce séducteur hors pair, ce polytechnicien brillantissime, mal aimé par sa mère, fouetté par son père, élevé à l'ancienne avec sa sœur Roselyne entre le château de Gouers, la pension jésuite et le petit séminaire, passait sa vie dans les avions et le Concorde, fréquentait plus les chambres d'hôtels de luxe que la maison, roulait en Porsche orange et sautait tout ce qui ressemblait à une belle femme, ma mère incluse. Celle-ci m'expliqua un jour que c'était un contrat entre eux et que du moment qu'elle demeurait la favorite et que les relations qu'entretenait mon père demeuraient purement sexuelles, elle n'en souffrait pas. Mon œil…

Sauf que là, au milieu des années 70, dans ce bout de paradis qu'était Nervi, papa tomba sous l'emprise machiavélique de Madevi. Ravissante métis d'origine cambodgienne, il s'agissait de la meilleure amie de maman qui eut le malheur de l'inviter en Italie passer quelques jours avec son Christian de mari. D'après ce que Jeanne racontait, la semaine s'étira en mois, l'époux de Madevi mourut, et celle-ci trouva refuge dans les bras, les draps et le portefeuille de mon père. Le contrat parental était rompu. Le couple n'y résista pas. On découvrit que maman avait un cancer de la thyroïde qu'elle fit soigner à Marseille. D'après moi, elle entamait surtout une dépression nerveuse sévère, hantée par la mort de Sophie et l'erreur impardonnable qu'elle avait commise en cachant la vérité à mon père.

Évidemment, les adultes employaient toutes leurs ressources pour que je ne m'aperçoive de rien et poursuive le plus paisiblement possible mon existence. Ainsi, le soir, on me collait devant *L'île aux enfants* avec Casimir et son *gloubiboulga* légendaire – que je tâchais de reproduire dans la cuisine aux murs sombres – en croisant les doigts pour que j'en redemande. On me casait aussi de plus en plus aux autres, car je ne supportais pas de rester seule plus de quelques secondes. Ma nounou, Giovanna – au mariage de laquelle nous fûmes royalement conviés. Les Rossi, des amis de papa qui avaient des enfants de mon âge, Luca, l'aîné, et Francesca, sa petite sœur. Dina, l'amie d'enfance de maman – leurs mères et grand-mères étaient aussi amies d'enfance – qui finit par devenir la grand-mère que je ne n'avais pas. Une femme remplie de poésie. Tout l'inverse de maman. D'une douceur infinie, jamais ponctuelle, coquette, habile de ses doigts, elle cousait toutes ses robes, tricotait ses pulls, et cuisinait divinement bien. Je montais dans sa chambre au deuxième étage pour la regarder faire son brushing quotidien. Elle avait toujours la même coupe au carré, parfaite, sans chichi.

Enfin, Papouchka, mon grand-père maternel, qui vint s'éteindre chez nous lorsque j'avais cinq ans et avec lequel je faisais de longues promenades main dans la main. Sur son lit de mort, les infirmières lui avaient introduit une pièce de monnaie dans la bouche après avoir longuement convaincu ma mère que c'était absolument nécessaire. Il devait réussir son passage dans l'au-delà et payer Cerbère.

De notre dernière année en Italie, en 1975, je conserve le souvenir d'une mère fantôme traversant ma vie de temps à autre, telle un courant d'air, tandis que j'étais devenue probablement un poids pour les grandes personnes qui m'entouraient et étaient censées m'élever et me chérir. Mon père, lui, avait pris la tangente et je n'allais bientôt plus le croiser que quelques heures par an. L'abandon frappait une seconde fois tandis que je n'étais encore qu'une enfant.

Ce n'est que très récemment que j'ai osé échafauder des suppositions hasardeuses sur le fait que nous avions atterri en Italie. Ce parachutage était-il vraiment l'objet d'une pure coïncidence ou d'une opportunité idéale à saisir pour recommencer une vie familiale à zéro ? Mes parents m'avaient recueillie alors que je n'avais que quelques mois, en avril 1970, et qu'ils vivaient en banlieue parisienne, à La Celle-Saint-Cloud. Le jugement d'adoption plénière avait cependant mis du temps à être prononcé – et n'avait eu d'effet qu'en juin 1971 –, et ce au Tribunal de Versailles dont dépendait leur commune. J'imagine que mes parents ne pouvaient pas quitter la France avant ça. Maman m'a toujours confié que le choix de l'Italie était issu d'un élan de vie nouvelle, comme un second départ, avec moi au centre. Jusque-là, pas de problème. L'armateur qu'était papa avait été chargé de reconstruire le port de Gênes pour accueillir la containérisation, et ça tombait à pic selon elle. Très bien. Apparemment les arguments étaient valables. Or, deux détails m'ont interpellée. Primo, la maison d'adoption dans laquelle j'étais « à vendre » – je reviendrai plus loin sur cette notion un peu abrupte – se situait à Marseille, alors que j'étais supposée être née à Brunoy, en Essonne. Paris et ses alentours regorgeaient d'œuvres privées similaires, alors pourquoi m'envoyer si loin ? Secundo, mes parents, et surtout Jeanne, avaient largement dépassé l'âge légal d'adopter un enfant, qui plus est, bien blanc comme neige. Conclusion, très personnelle : l'Italie n'aurait-elle pas fait partie d'un arrangement spécial qui aurait permis à ma famille d'origine de ne jamais me croiser et empêché ma mère biologique d'être tentée de me reprendre ? En d'autres mots, je pense – sans trop y croire pourtant – que mes parents connaissaient parfaitement ma famille maternelle et qu'un savant montage leur a permis de me récupérer « au vol » via l'orphelinat de Marseille où ils avaient des relations, avec comme condition sine qua non, qu'ils s'installent à l'étranger une fois le jugement d'adoption prononcé, afin de couper définitivement les ponts.

Chapitre 3

Madevi fut la plus forte mais ne réussit pas à faire divorcer mes parents. Non qu'ils aient été plus fervents croyants que ça, loin de là, mais je me plais à imaginer que je fus celle qui les retint d'aller jusque-là.

Et c'est à l'automne 1975 que débutèrent les années les plus tristes et noires de mon existence. Je n'avais rien demandé et voilà que tout s'effondrait autour de moi. Je n'avais pas les moyens de faire face, alors je me suis tue, j'ai encaissé. Mon système personnel de défense, le rempart indestructible contre les émotions que je développerais plus tard et qui devrait me maintenir debout, bien droite dans mes petits souliers, n'était pas encore au point, juste en devenir.

Quant à la localisation de cette époque, Jeanne m'a toujours dit que papa lui avait tout bonnement interdit de rentrer à Paris afin qu'elle ou moi ne le croisions pas au bras de ses maîtresses – eh non, Madevi n'était pas la seule –, et l'avait sommée de choisir n'importe quelle ville française de province pour nous installer toutes les deux. Mais je n'y crois plus et suis convaincue que cet éloignement forcé n'avait de rapport qu'avec le supposé pacte conclu avec ma famille biologique.

Jeanne pensa d'abord à Lyon ou Bordeaux, mais se rabattit finalement sur la Côte d'Azur. Elle se disait qu'une femme seule avec un enfant dans une grande ville, et sans relation de surcroît, n'aurait aucune chance de survie. Elle était issue d'une famille d'officiers de marine installée en partie au Cap Brun près de Toulon, dans une jolie propriété au nom breton posée à flanc de Méditerranée. Elle y avait été élevée, avec ses deux frères, par des jeunes filles au pair suédoises aux mœurs avant-gardistes, plus que par ses parents. De belles années pour elle malgré son œil crevé à sept ans en jouant aux fléchettes, et une fièvre typhoïde qui avait failli l'emporter à l'adolescence et dont une extrême-onction n'avait pourtant pas eu raison. Bref, le soleil et la mer lui avaient toujours fait du bien. Et là, elle en avait vraiment besoin.

Ainsi, maman visait Cannes. Elle pensait qu'entre le soleil, la mer et la renommée internationale de cet endroit, on ne s'en sortirait pas trop mal. Elle me voyait déjà, à vingt-cinq ans, débuter une carrière aux États-Unis et raconter à droite et à gauche que j'avais grandi près de la Croisette et du Palais des Festivals, sous les palmiers et les pieds dans le sable parmi les acteurs du monde entier, et me faire envier par tous mes copains.

En attendant de trouver une maison à Cannes – ce que Jeanne avait du mal à faire en 1975 vu son état –, nous habitâmes deux ans au Cros-de-Cagnes, à dix kilomètres de Nice, où je suivis mes classes de CP et de CE1. Maman se remettait à peine de son cancer. Elle était fragile, buvait trop de vin, pleurait en cachette mais je n'étais pas dupe et remarquais bien son visage bouffi et ses sourires forcés. Combien de fois a-t-elle pensé à se supprimer ? Je l'ignore. La seule chose qui la raccrochait à la vie, c'était moi. Elle me l'a dit tant de fois. Il fallait m'éduquer, me soigner, me nourrir. J'étais son tamagotchi japonais, elle devait veiller sur moi pour que je ne rende pas l'âme. Et c'est sans aucun doute ce qui l'a sauvée.

De ces sombres années, il n'y a aucune photo à part les portraits pris par l'école. Maman et moi étions complètement larguées. Elle se forçait à sortir m'acheter mon bout de viande quotidien, à m'élever dignement, mais au prix d'efforts surhumains. Nous habitions à l'étage d'une bâtisse moderne sans charme, collée à un stade où j'allais faire des ronds sur mon vélo, toujours en solitaire. Pas loin de l'autoroute et de la voie ferrée. Les propriétaires vivaient au rez-de-chaussée, des petits vieux avec un berger allemand qui courait après notre chat toute la journée.

Je ne voyais mon père qu'une fois par an, le jour de Noël. Il ne restait jamais dormir à la maison et préférait descendre au Negresco à Nice ou au Carlton à Cannes, dont il abandonnait les boîtes d'allumettes – que je subtilisais discrètement – sur la table basse. Maman allait jusqu'à m'écrire des cartes postales à sa place, soi-disant postées à Buenos Aires,

Tokyo ou New York, mais là encore, je voyais bien son stratagème, même si je me retenais de le lui dire pour éviter de la blesser davantage. Il fallait bien que quelque chose fonctionne dans son existence dévastée.

Je ne me souviens d'aucune période de vacances passée avec maman. Elle me confiait à d'autres, sans doute pour m'éloigner d'elle, trop ravagée par le chagrin pour avoir la force de faire bonne figure devant moi plus d'une soirée après l'école ou une partie de week-end.

Je partais donc déjà sans elle – au fond, c'était peut-être bien que je m'y habitue. D'abord en classe blanche ou verte, à Valberg dans les Alpes du Sud, où j'appris rapidement à être arrachée de la personne qui m'était la plus chère au monde. Passés les adieux au pied du car où je m'agrippais désespérément à Jeanne en vociférant, la route serpentine en direction des verts alpages finissait par m'apaiser. Et je réussissais à revivre, même s'il m'était indispensable de m'attacher très rapidement à une monitrice afin de ne pas sombrer dans la peur de l'abandon qui me hantait déjà.

Puis chez les Rossi, en Italie. L'été, avec eux, nous logions dans une caravane sur un camping en bord de mer. Le dimanche, nous assistions à l'incontournable et sacro-saint match de foot où la mère nous conduisait dans sa Fiat Cinquecento. L'hiver, encore avec eux, c'était le ski à la montagne et les sandwichs à l'omelette sur les pistes où je passais mes étoiles comme une chef, entre Luca et Francesca. Je menais ainsi, l'espace de quelques semaines, une vie normale dans une famille normale. Je faisais partie intégrante d'un cocon restreint, peu m'importait que ce ne soit pas le mien. Je prenais ce qu'on m'offrait. Une bouffée d'air sain. Maman me poussait déjà à aller voir ailleurs, à forger mon goût de l'indépendance, à me créer des souvenirs sans elle, loin d'elle, sans qu'elle n'apparaisse jamais sur les clichés. Malgré sa dépression, elle me couvrait d'amour, tentait maladroitement de remplacer l'affection d'un père quasi inexistant, de cet homme qu'elle avait tant aimé mais qui ne voulait plus d'elle ni de ses hurlements, de ses mensonges ou de ses scènes dignes des tragédies grecques qu'elle affectionnait tant. Maman se raccrochait à moi, tout en sachant qu'il fallait me laisser bourlinguer, découvrir le monde, et faire mes propres expériences. « Je ne suis pas éternelle » disait-elle souvent. « Un jour, je passerai peut-être sous un camion »…

Chapitre 4

Au Cros-de-Cagnes, durant ces deux ans – qui me paraissent avoir duré une éternité tant ils furent glauques et sinistres –, la question du secret entourant mes origines ne fut pas d'actualité. Je savais Jeanne totalement incapable d'aborder le sujet. Je me contentais donc de lui offrir ma présence la plus discrète possible, sans maladie, sans caprice, sans problème, sans jamais lui infliger les interrogations qui s'accumulaient sournoisement dans ma cervelle d'orpheline. La sonnette d'alarme retentirait plus tard.

Puis les années Cannes surgirent alors que j'allais avoir huit ans, telles un éden après le purgatoire, et mirent progressivement fin au calvaire quotidien que je traversais stoïquement. Je réalisais alors à peine qu'il aurait pu en être tout autrement si mes parents ne s'étaient pas déchirés, ou plutôt si papa ne nous avait pas lâchement abandonnées.

La sortie du tunnel apparut lorsque maman, je ne sais par quel miracle, rentra toute ragaillardie des vacances de Pâques ou d'été – à nouveau passées chez les Rossi pour ma part –, prête à entamer sa résurrection et bien résolue à être enfin heureuse malgré la conjoncture familiale. Elle ne s'était pas laissé abattre par les drames qui avaient jalonné ses cinquante-six années d'existence, et voulait à tout prix reprendre goût à la vie. Pour moi, sûrement. Pour elle aussi, a priori.

C'est ainsi qu'elle éplucha les petites annonces cannoises « à vendre » dans le journal, et dénicha un appartement avec jardin dans une bâtisse d'époque, nichée au creux de la colline de la Croix des Gardes, avec vue sur la mer. Madevi sévissait encore. D'après Jeanne, elle refusa catégoriquement que papa investisse pour nous dans ce bel endroit. Soit que nous n'en fussions pas dignes, soit qu'elle voulût se réserver de telles dépenses. Le chantage fonctionna sur mon père qui ne put se résigner à faire une croix sur sa protégée, ni prévoir qu'elle allait mourir plus vite que prévu.

Cet épisode passé, maman ne se laissa pas démonter et jeta son dévolu sur ce qui allait devenir notre nid douillet pour les sept années suivantes. Une location, certes, mais de choix. Au 7 de l'avenue Stephen Liégeard, la villa des Pierres Blanches trônait devant un jardin planté d'orangers et d'une grande pelouse ovale. Une allée de graviers blancs y conduisait. À l'arrière, vers le Sud, le fond du jardin menait à une grille. Celle-ci ouvrait sur un parking qui donnait sur un souterrain passant sous la voie ferrée, et débouchait sur la route côtière et la plage. Un paradis pour l'enfant solitaire et la femme blessée que nous étions, Jeanne et moi. Cette fois, les propriétaires – encore des retraités – vivaient à l'étage et nous laissaient disposer exclusivement du bas de la maison et de tout ce qui l'entourait, mis à part le garage fermé où croupissait leur vieille Mercedes qu'ils ne sortaient qu'en de rares occasions.

Les premiers mois, je prolongeai machinalement mon style de vie précédent, errant seule sur le parking voisin duquel je ne devais pas m'éloigner au cas où maman me chercherait. Je n'avais que huit ans alors, mais ma petite stature ne m'en faisait paraître que six. Je n'étais pas habituée à avoir des amis mais sympathisai toutefois avec Amar, un garçon basané qui m'intriguait et dont j'étais tombée secrètement amoureuse. Nous ne nous parlions qu'au travers de la grille de son orphelinat voisin de chez nous car, contrairement à moi, personne n'avait voulu de lui. Nous ne faisions pas la même expérience de l'abandon lui et moi. Je mesurais ainsi ma chance, pour la toute première fois.

Ces discussions débridées eurent pour résultat de libérer brutalement tout ce que je m'étais interdit de chasser de mon esprit pendant les années d'avant. Mes nuits se peuplèrent de monstres rouge et vert que mon imagination débordante dissimulait derrière les rideaux de ma chambre et sur les étagères de mon placard en formica. Tous les soirs, il m'était impossible d'aller me coucher sans faire le tour des probables cachettes, et je retardais chaque fois un peu plus l'heure de l'endormissement et par voie de conséquence, de la paix de ma mère. Je fus mise sous Valium. Mon pouce devint mon meilleur copain. Le lit de maman, mon refuge favori.

Puis je me mis subitement à poser toutes les questions qui m'avaient rongée si longtemps, sans que je n'en dise rien. Qui était ma vraie mère ? pourquoi ne m'avait-elle pas gardée ? était-elle morte ? avait-elle laissé quelque chose pour moi, une lettre, un paquet, un bijou ? que s'était-il passé exactement ? pourquoi tant de secret ? qu'est-ce que je faisais là ? est-ce qu'on m'avait achetée comme une vulgaire poupée ? et puis pourquoi n'étions-nous pas une vraie famille comme les Rossi ? Et cetera…

Je harcelais maman qui prenait à cœur de me réconforter, me montrer que ma drôle de vie pourrait déboucher sur de belles choses mais que, pour l'instant, c'était difficile à avaler et encore plus à digérer. Qu'en grandissant, je comprendrais, pardonnerais, en sortirais plus armée. Elle m'indiquait la voie de la sérénité avec son histoire à elle, truffée de drames, celle de ma sœur Sophie qui avait enduré une leucémie sans se plaindre, celle de mon père aussi qui n'avait jamais été aimé par ses parents pourtant biologiques. Elle me répétait qu'elle m'avait choisie parmi une douzaine de bébés, qu'on ne m'avait pas abandonnée mais au contraire donnée. Elle alla même jusqu'à m'emmener voir madame Legré, la directrice de l'œuvre d'adoption de Marseille qui végétait en maison de retraite, pour que je l'entende me raconter celle qui m'avait portée dans ses entrailles, sa jeunesse, le don qu'elle avait consenti à faire. Aujourd'hui je réalise qu'elle m'en parlait comme si elle la connaissait. Était-ce une réalité ou un scénario inventé de toutes pièces par Jeanne ? Toujours est-il que les belles paroles de maman, je refusais de les entendre. Tout était trop confus, même si ses mots se logeaient dans mon cerveau et ressortiraient de longues années plus tard, lorsqu'elle aurait disparu.

Puis, telle une claque en pleine figure, je pris conscience du grand âge de ma mère tout à fait par hasard. Cette épine se planta dans mon pied le jour où, sur la plage devant chez nous, un jeune garçon me demanda, tout en pointant maman de son index potelé, s'il s'agissait de ma grand-mère. Question à laquelle je répondis du tac au tac par l'affirmative. Un handicap supplémentaire venait de se greffer dans mon parcours déjà bien semé d'embûches.

Mon caractère originel à tendance tyrannique reprit donc vite le dessus. J'enchaînai naturellement les scènes, les crises de nerfs et les veillées nocturnes, souvent stoppées par de violentes punitions telles que la tête sous une douche froide, ou la mâchoire quasi déboîtée par une gifle musclée, avec la chevalière de Jeanne imprimée en creux sur ma joue. Je ne trouvais alors rien de mieux que de lui lancer des « tu n'es pas ma mère, je te déteste » et espérais en secret qu'elle meure sur-le-champ dans d'insoutenables souffrances. Ses remontrances incessantes telles que « tiens-toi droite », « articule », ou « si tu continues à parler sur ce ton, tu finiras toute seule », n'arrangèrent pas la situation déjà critique. Ni l'interdiction formelle et indiscutable de me laisser pousser les cheveux – comme toutes les filles de mon âge – qu'elle me faisait couper quatre fois par an « à la saint-cyrienne » précisait-elle, soi-disant pour qu'ils s'épaississent plus tard.

Ces épisodes de crise et de frustration extrême finissaient toujours de la même façon : dans les larmes et dans les couvertures de Jeanne, où j'achevais la plupart de mes nuits agitées, à l'écouter ronfler en me disant que ce drôle de système ne pourrait pas durer trop longtemps. Il tint, comme le pouce, jusqu'à l'âge de dix ans.

Pendant ce temps, papa avait quitté l'Italie et vivait alors à Paris, au 45 rue de Rennes, dans un appartement sur cour décoré façon *seventies*, une vitre fumée séparant la salle de bains du salon. Je n'ai – et n'avais – pas l'ombre d'une idée d'où en était sa carrière mais il devait être sur le point de monter sa boîte de conseil en *shipping*. Il continuait à nous rendre visite pour Noël et m'offrait systématiquement un gadget hi-tech présenté comme rare et introuvable en France, venu des États-Unis ou du Japon, tel un trophée de champion parcourant la planète à la recherche de l'objet futile ou superflu. Je le rangeais précipitamment au fond d'un tiroir de ma chambre après avoir à peine simulé mon contentement et susurré un vague remerciement – histoire de sauver les apparences en terme d'éducation. Ce dont j'avais besoin n'était pas d'un cadeau mais d'un père présent et aimant sa famille. Il nous avait quittées maman et moi, je jugeais ce comportement totalement indigne d'un père adoptif.

Après la mort de Madevi dont je n'ai jamais eu aucun détail, mon père s'aventura à rester dormir chez nous quelques nuits. Et avec maman, évidemment, qui était encore pas mal du tout malgré la ménopause. Du haut de mes huit ou neuf ans, je ne concevais pas qu'elle puisse lui pardonner tout le mal qu'il lui avait fait et l'accueillir comme un chevalier revenant de sa croisade ou de sa chasse à courre. « Aimer c'est pardonner » clamait-elle, mais j'étais bien trop jeune pour la rejoindre sur ce point. J'acceptais difficilement qu'elle mijote les plats préférés de papa, elle qui ne me nourrissait que de pommes noisettes et de poissons panés surgelés ; qu'elle porte ses plus jolies robes quand je n'avais droit qu'à des pantalons défraîchis ; qu'elle se tartine d'ombre à paupières et de rouge à lèvres tandis qu'elle me réservait un visage sans fard gonflé par les pleurs quand papa reprenait la direction de l'aéroport de Nice, du travail et de sa liberté sous caution.

La jalousie venait de faire une entrée remarquable dans ma vie.

Chapitre 5

La jalousie poursuivit son œuvre sournoise sur l'enfant que j'étais avec l'amitié inconditionnelle que Jeanne cultiva pour Marie-Claire. Au départ, elles dînaient soit chez l'une, soit chez l'autre. Je leur mis vite des bâtons dans les roues en refusant tout à la fois de me faire garder par une baby-sitter et de rester seule. Mon plan tomba à l'eau puisque Marie-Claire, sans enfant depuis des lustres et en voie de séparation, venait du coup dîner tous les soirs, ou presque, à la maison. Brillante agrégée ès Lettres et Philo, cinéphile aguerrie, elle avait fait la Résistance, laissé ses cheveux, un rein et un poumon à Buchenwald et, à l'issue de la guerre, retrouvé par miracle son mari qui avait, comme elle, résisté et survécu aux camps de concentration. Autant vous dire que Jeanne était en pamoison devant une destinée aussi admirable. Elles ne se quittèrent donc pour ainsi dire plus, telles des sœurs siamoises et, rigolant à gorge déployée comme des gamines délurées, refaisaient le monde des soirées entières, foulaient les cocktails et les tapis rouges du Festival de Cannes, et élaboraient une kyrielle de projets auxquels je n'étais jamais associée. Pour moi, tout ceci se résumait encore à un nouvel abandon, même s'il était moins évident et moins grave. On me laissait de côté, je n'étais plus digne d'intérêt. J'avais le sentiment de sombrer dans l'oubli et l'indifférence maternelle car, selon moi, Jeanne n'avait d'yeux que pour elle. Je boudais donc ouvertement et m'efforçais d'être la plus odieuse et mal élevée possible avec Marie-Claire qu'au fond j'aimais beaucoup, pensant qu'en poursuivant ainsi mon manège, elle allait bien finir par déguerpir de notre foyer dans lequel je trouvais qu'elle s'était beaucoup trop immiscée. Je voulais Jeanne pour moi toute seule, pas à moitié, pas partagée, mais toute entière. En exclusivité.

C'est l'expérience de l'amitié qui me sortit de ce faux pas. La vraie, la solide, celle qu'on n'oublie jamais même quand les années ont passé et que les chemins ont bifurqué. De celle que maman et Marie-Claire entretenaient alors.

Je devais être en CM1 lorsqu'un rythme plus stable s'installa et me permit de me libérer de Jeanne, et elle de moi, et d'exister enfin de mon côté au sein de ma propre génération. Claire et Katia, sans le savoir, remplirent mon cœur meurtri par leur joie et leurs rires, par leur normalité aussi, comme l'avaient fait les Rossi. Nous ne nous quittions plus, dormant chez l'une ou l'autre à tour de rôle.

Comme moi, Claire avait un côté garçon manqué, toujours vêtue de pantalons élimés et de tee-shirts de seconde main. Nous partagions des parties enflammées de Playmobil, des virées à la plage sur ma petite planche à voile, et des repas où nous comptions religieusement nos pommes dauphine – toujours surgelées – et nos cuillères de Nutella afin qu'aucune injustice ne s'installe entre nous. Comme moi, elle était bonne élève, limite intello, et nous nous disputions sans fin la première place sur les bulletins trimestriels de l'école élémentaire Méro de la place des Orangers. Je développais alors le goût pour la compétition et savourais chaque instant passé avec celle que je considérais comme une sœur et avec laquelle nous en venions parfois aux mains tellement nous nous aimions. Plus que tout, j'adorais aller chez elle, dans sa villa située à cinq cents mètres de la mienne. Sa mère était femme au foyer, cuisinait, briquait la maison, criait à la moindre goutte d'eau tombée sur le sol impeccable de sa cuisine, toute dévouée à son psychanalyste d'époux qui ne tarda pas à devenir le psy attitré – et oh combien vénéré – de maman. Je partis en vacances une fois ou deux avec eux. Une parenthèse de bonheur.

Avec Claire, Katia, mais aussi Nathalie, ce furent deux ou trois années magiques, le temps d'achever le cycle primaire et d'entamer le collège. Maman avait renoncé à reprendre son activité de kinésithérapie ou de cours de maintien, toute dévouée à notre groupe qu'elle avait baptisé « les quatre mousquetaires ». Au plus grand bonheur des mères actives de mes amies, elle nous emmenait partout dans sa Polo orange aux ailes défoncées. Jeanne était aux anges de soulager l'emploi du temps des autres mamans, de se rendre utile et agréable, et de me voir grandir dans un meilleur équilibre.

Katia était très différente de Claire : féminine, toujours bien habillée par une mère coquette et presqu'aussi minuscule que moi. Je partageais avec elle les cours de jazz chez Rosella Hightower, l'écoute des tubes de l'époque à commencer par *Grease*, et des soirées mythiques passées sur son lit en mezzanine à manger des bonbons – il n'y en avait jamais chez moi – et à inscrire l'alphabet du bout du doigt sur nos dos respectifs. Ses parents sortaient beaucoup – enfin comme un jeune couple classique –, et nous laissaient en garde son petit frère. Nous avions l'autorisation de regarder la télévision tout en dévorant des pizzas. Je me souviens d'un voyage en voiture pour aller déjeuner dans le Var chez ses grands-parents. Joe Dassin, Plastic Bertrand et Balavoine crevaient les enceintes à tour de rôle, et je me retrouvais, comme avec les Rossi, au sein d'une famille ordinaire. Bien. Savourant, tout au fond de mon âme, ces moments bénis.

Julia ne fit irruption dans nos vies qu'en classe de CM2. Son père était chef d'orchestre et sa mère, une élégante cantatrice d'opéra qui fascinait maman. Le fait qu'elle soit fille unique nous lia sans doute aussi. Elle était canadienne et le froid lui manquait cruellement au pays des oliviers, des cyprès, du mimosa et des palmiers. Quand elle quitta Cannes en fin de primaire, nous avions deviné que nous allions nous revoir. Nos mères respectives allaient tout organiser.

Toujours est-il que ma bande d'amies était devenue une autre famille, un refuge complémentaire, un abri autre que maternel. Un chasse-spleen indispensable.

Chapitre 6

De son côté, maman revivait. La femme forte, théâtrale, grandiloquente et qui ne pouvait pas s'empêcher d'en faire des tonnes, était revenue parmi nous. Difficile de se construire face à un tel modèle. Écrasante, fracassante, sublime, elle avait décrété que notre rythme serait effréné. Comme s'il fallait rattraper le temps perdu.

Du coup, ça n'arrêtait jamais et ni la maison, ni le réfrigérateur, ni la terrasse donnant sur le jardin ne désemplissaient, laissant peu de répit aux tympans usés de nos vieux propriétaires. Notre ligne téléphonique – le 38 40 33 – était en permanence occupée. Maman consacrait des heures à ses coups de fil, les jambes en l'air sur son grand lit, un bras replié au-dessus de la tête, criant à tue-tête dans l'appareil en plastique crème. Je l'entendais invariablement parler de moi, de mes progrès dans telle ou telle discipline, de ses projets à mon égard, de mon intelligence prétendument hors normes, et cela finissait par m'exaspérer au plus haut point. Je me libérais peu à peu de son regard, de son emprise. Maman n'était plus la reine-mère, mon héroïne de contes de fées, la seule et unique source d'amour et de bonheur. Je me dirigeais lentement vers la fin de l'enfance, avec un peu d'avance vues les circonstances.

Nous avions tellement de *turn-over* que Jeanne, pour simplifier les choses, avait pris l'habitude de cacher la clé de la porte principale dans la potiche en terre cuite près de l'entrée, à l'abri de la pluie. Cette insouciance se solda par trois cambriolages en deux ans qui, je l'avoue, ne m'affectèrent pas outre-mesure puisqu'on ne m'avait dérobé que des cadeaux de papa, parmi lesquels une collection de pièces antiques et une autre de timbres réputés rares dont je n'avais que faire.

Les deux divans du salon étaient tour à tour occupés par mes cousins du côté maternel qui défilèrent à Cannes les uns après les autres. Ils avaient tous entre dix et vingt ans de plus que moi, l'âge de ma sœur Sophie en somme. Avec ma mère, leur tante Jeanine, ils évoquaient le passé, le présent et le futur à l'ombre des orangers et de la glycine en fleurs. Maman offrait une oreille attentive et bienveillante à leurs histoires de cœur et de fesses.

Ma marraine nous rendait également visite. Elle avait été l'une des meilleures amies de Sophie tandis que mon parrain était le frère de sa correspondante allemande. Il avait trouvé la mort dans un accident de voiture lorsque je devais avoir huit ou neuf ans.

Enfin, celle que j'attendais avec le plus d'impatience était Dina, ma grand-mère de cœur. Elle débarquait toujours sans prévenir, à la dernière minute parce que chez elle rien n'était jamais prévu à l'avance. Ça mettait maman hors d'elle, qui finissait par se calmer lorsque son amie d'enfance était là et tentait désespérément de la contenir dans ses excès désespérés pour survivre.

Ces années-là, jusqu'en 1980, je passai le plus clair des petites et grandes vacances avec maman. Elle m'éveillait aux mondanités qui nous faisaient défaut sur la Riviera et me trimballait d'un château ou d'un hôtel particulier à l'autre dès qu'elle en avait l'occasion. Nous quittions Cannes avant la fin des cours, à mon grand désarroi, fuyions la chaleur estivale et les hordes de touristes, laissions le chat livré à lui-même avec un saladier de croquettes déshydratées dans la cuisine dont la porte était munie d'une chatière, traversions la France en Polo et faisions des sauts de puces selon un programme soigneusement établi par ma mère. Moi, toujours sur la banquette arrière, avec un plaid quelconque et mon oreiller préféré, sans ceinture bien sûr, et le pouce planté dans la bouche.

Maman profitait de ces trajets interminables pour me raconter un peu plus Sophie, ses soirées de rallyes, la perruque qu'elle avait dû porter, comment l'ambulance avait pris le périphérique parisien à l'envers pour essayer de la sauver, son bac avec mention juste avant de mourir, la ponction lombaire qui la réduisait à néant six jours par mois – les trois qui précédaient à avoir peur, et les trois qui suivaient à avoir mal – et le virus qui l'avait tuée car elle n'avait plus de défenses immunitaires à cause du cancer. Si je n'avais jamais vécu avec elle, ma sœur était pourtant omniprésente, comme un modèle immuable de stoïcisme, un exemple de perfection à tenter de surpasser. Mais au fond, je refusais de participer à ce jeu-là. Je voulais être moi, différente, unique. Et toute petite, contrairement à ma mère et à ma défunte sœur.

Jeanne me détaillait aussi leur famille d'avant, avec papa et Sophie, comment elle recueillait tous les hivers un clochard dans la rue et l'abritait chez eux en échange de menus travaux, leurs séjours dans les premières paillotes du Club Med en Tunisie ou aux îles du Levant où ils partaient faire du camping sauvage en été et vivaient nus, la route nationale 7 et les trois jours de descente vers leur maison de Lorgues en Renault Dauphine, les voyages d'affaires de papa et ses absences toutes les semaines ; son enfance et son adolescence à elle, puis la façon dont elle avait vécu la guerre et la faim à Toulon sous les bombardements, comment son père avait dilapidé la fortune familiale et vendu des centaines d'hectares de terres au Cap Brun pour une bouchée de pain, sa rencontre avec Arnoux, plus jeune qu'elle. J'en apprenais chaque année un peu plus, comme un héritage forcé, en songeant que, finalement, toutes ces histoires-là n'étaient pas vraiment les miennes même s'il fallait que je les connaisse par cœur comme on apprend sa leçon à l'école. Ce que je voulais déjà, c'était connaître mon bout d'histoire à moi pour savoir qui j'étais vraiment, à qui je ressemblais et d'où je venais. À l'époque, je ne mesurais pas la chance que j'avais eue de tomber sur Jeanne, son éducation sans reproche et son amour sans condition.

Chapitre 7

C'est ainsi que nous avons atterri dans un nombre incalculable d'endroits. Pâques et La Toussaint nous menaient le plus souvent à Saint Cloud chez mes cousins germains, déjà adolescents ou jeunes adultes. Tante Gigi – la femme d'un des frères de maman – que j'adorais, nous accueillait à bras ouverts dans sa maison avec ses yorkshires qui aboyaient à tue-tête, ses cigarettes allumées dans plusieurs pièces et sa voix douce et feutrée de fumeuse. Elle était toute petite comme moi, tandis que la plupart de ses enfants étaient immenses comme leur père. Chez elle, je me sentais bien, entourée, chouchoutée. La maison fourmillait d'activité, les portes claquaient gaiment, les rires et les blagues de tout acabit fusaient comme pour tenter d'oublier que l'aîné des fils était mort d'un cancer, comme Sophie et à peu près au même âge, et que mon oncle avait refait sa vie et déserté le domicile conjugal.

Quant au château de V., dans la Somme, il était réservé à l'été et fut un leitmotiv, à tel point que plus tard, je choisirais d'y célébrer mon mariage. Tante Simone, toujours flanquée de ses teckels, me faisait pourtant peur et je cultivais le sentiment étrange qu'elle ne m'appréciait pas autant que les autres membres de la famille, comme si elle voulait me faire comprendre que j'étais à part et que le même sang ne coulait pas dans nos veines. Bâtarde en somme, en quoi elle n'avait pas tort. C'était dur à supporter, mais j'avais décidé que ces émotions ne m'atteindraient pas. Mon rempart intérieur s'élevait doucement, au fur et à mesure des années et des expériences plus ou moins traumatisantes que j'endurais.

Maman, à peine sortie de la voiture, se précipitait pour repeindre les volets de cette demeure Louis XIII, ou vers quelque autre travail d'embellissement qui n'en finissait jamais tant la propriété était vaste et ancienne. Et attaquait avec une joie non dissimulée ses soirées de discussions enflammées avec l'un ou l'autre de ses quatre neveux. De mon côté, je partais en vélo sur les chemins de campagne ou au fond des bois cueillir des mûres et des framboises, passais une tête à la ferme voisine pour chercher du lait, ou bouquinais les bandes dessinées de mes cousins, allongée sur un sofa de leur chambre. Je goûtais la liberté tout autant que la solitude – et comprenais qu'elles allaient forcément de pair –, mais appréciais de me plier au rythme militaire et aux règles de bienséance : par exemple, porter une jolie robe à table, ce qu'imposait ma tante à ses hôtes.

Plusieurs étés de suite, je fus contrainte de suivre une cure d'air pur à Berk-Plage, pas très loin de V., censée me faire grandir. C'était sans savoir que mon cas, sur ce sujet, était désespéré. J'exécrais de me retrouver, comme quand j'avais six ans, dans une colonie de vacances sans aucune amie, et attendais le dimanche pour retrouver maman qui venait me sortir quelques heures de cette prison sanitaire pour enfants. Une année, je lui annonçai d'un air grave que j'avais le cancer du pied, croyant naïvement que ce serait une raison évidente pour m'extraire définitivement de la cure. J'avais passé la semaine à me charcuter la voûte plantaire avec une fourchette volée au réfectoire et à faire se propager la belle verrue qui s'y était logée. Mon scénario ne donna rien mais je réussis tout de même à me faire offrir une paire de sandales en faux cuir à petits talons – mon rêve depuis toujours –, en expliquant à maman que c'était la seule façon de marcher sans souffrir.

Toujours est-il que je suis intimement convaincue que parmi ces innombrables déplacements à travers la France, la Suisse et l'Italie, certains étaient destinés à me faire rencontrer des grandes personnes qui étaient au courant, au moins partiellement, de mes origines naturelles et/ou du trafic ou du secret bien gardé qui s'étaient tramés lors de mon adoption. En fouillant dans la correspondance entre ma mère et tante Simone, je devais découvrir, il y a quelques années, que cette dernière devait une « fière chandelle » à Jeanne. De quel service s'agissait-il précisément ? Je ne l'apprendrais que bien plus tard lorsque le chaos s'installerait dans mon esprit et me pousserait malgré moi à me lancer sur la piste de mes origines.

Maman m'emmena aussi trois ou quatre fois à Lorgues, dans le Var, où nous allions souvent lorsque j'étais bébé, juste après mon adoption. Elle y avait des souvenirs heureux avec ma sœur qui y était enterrée et à côté de laquelle mes parents reposent aujourd'hui. Ils y avaient construit quasiment de leurs mains leur maison d'été, façon bohême et simplissime. En 1968, papa avait prévu de creuser lui-même une piscine. Elle ne vit jamais le jour. Ça n'en valait plus la peine puisque Sophie était morte. Je regrette simplement que mon arrivée n'ait pas suscité l'envie de reprendre ce projet et tous les cinq ans maintenant, Lorgues est devenu mon lieu de pèlerinage. La dernière adresse de mes parents adoptifs où je vais me recueillir quand rien ne tourne plus rond, comme pour reprendre de l'énergie, me ressourcer, approcher ceux et surtout celle qui m'a aimée le plus au monde.

Jeanne voulut aussi retourner au Cap Brun sur les traces de son enfance et força un peu la porte de *Ker Breiz* qui appartenait – et appartient toujours – à la romancière et cantatrice Évelyne Boukoff, la femme du pianiste bulgare Yuri Boukoff. Je découvris alors cette merveilleuse propriété donnant sur la mer, les rochers en contre-bas, et mesurai combien elle devait avoir du chagrin que ce patrimoine familial soit parti en fumée.

Et puis un jour, elle m'emmena à Nervi, au sommet de la Salita Maggiolo, au numéro 7. Sur un coup de tête, un week-end, nous prîmes la voiture en direction de Nice. Je reconnus sans peine Vintimille, les routes en lacets et les tunnels tortueux d'Italie, avant d'arriver à Gênes. Sur la terrasse, maman s'appuya contre les balustres et les larmes lui montèrent aux yeux tandis qu'elle contemplait la mer. C'était là, dans cet endroit paradisiaque, que son couple et sa vie avaient volé en éclats. La maison de douze pièces avait été divisée en plusieurs appartements. Le parc était magnifique et la vue, à couper le souffle. L'émotion avait pris maman à la gorge. Je ne pouvais rien faire pour elle à part l'enlacer de mes petits bras et poser ma tête contre son ventre. Lui montrer que j'étais là, pour elle, et que nous étions vivantes toutes les deux, dans le même bateau, la même galère. Finalement, elle aussi savait ce qu'être abandonné signifie.

Chapitre 8

Mon cycle d'école primaire s'acheva. Maman choisit pour moi le collège où je devais poursuivre mes « brillantes » études. C'était Stan, à Cannes, dans le privé. Au début, je ne me fis pas vraiment d'ami, n'ayant pas encore bien réalisé, que mon enfance – du moins la courte partie heureuse – touchait à sa fin, et qu'il fallait que je passe à autre chose, que je me réinvente.

Je me souviens peu de cette drôle d'année, passée, semble-t-il, à barboter entre deux eaux. J'étais mal dans ma peau, certainement, comme tous les gens de cet âge. Je tentais de me faire remarquer en classe en étant insolente et en multipliant les bêtises, comme d'incendier mon pupitre en cours de maths qui me valut une gifle du professeur et se termina par son renvoi que j'aurais voulu immédiat. Je m'ennuyais beaucoup, voyais moins souvent mes amies de primaire, ne parvenais pas à construire de projet. Mon corps se transformait, mes cheveux devenaient gras, et sur mon nez, une bosse disgracieuse était apparue. Je passais des heures dans ma chambre à me regarder dans le miroir, ou à inspecter chaque centimètre carré de peau de mes cuisses et mollets pour y traquer la moindre imperfection sous la lumière de ma lampe de chevet.

Il me restait tout de même encore un été avant de sauter à pieds joints dans l'âge ingrat qu'est l'adolescence. Je le passai en Amérique du Nord grâce à l'organisation conjointe de papa et maman qui, pour une fois, s'étaient mis d'accord pour s'occuper de mon cas et m'initier à l'anglais. J'avais alors onze ans et partis plusieurs mois pendant que Jeanne sillonnait la Grèce, ses vestiges, ses ports bleus et blancs et ses tavernes avec Marie-Claire. Après Ottawa chez ma copine Julia, et un *summer camp* de trois semaines en sa compagnie, je fis étape à New York dans trois familles différentes. Des relations de papa je crois, qui m'accueillirent chaleureusement, me firent tout visiter, me couvrirent de stickers et de burgers, m'initièrent aux consoles de jeux vidéo. Et me sevrèrent de ma mère. Une expérience enrichissante qui me permit de couper, une fois pour toutes, le cordon ombilical virtuel qui me reliait à Jeanne.

C'est lors de mon retour des États-Unis que je passai, pour la première et dernière fois, quelques jours seule avec mon père. Lui et moi. En face à face. J'avais grandi, dans ma tête en tout cas, même s'il continuait à m'appeler « mon petit ». Je devenais soudainement plus intéressante à ses yeux, par mon âge sans aucun doute. Il avait acheté et retapé, un an auparavant, en 1980, un petit appartement parisien avec poutres et cheminée, situé au 7 de la rue du Pot de Fer, dans le 5e arrondissement. Des centaines de livres tapissaient les murs tendus de tissu moutarde en velours. Le plan était bien vu, optimisé, intelligent. À l'image de papa, en fait. De Paris, cette fois-ci, je ne découvris que la rue Mouffetard, la place de la Contrescarpe, le Panthéon et les petits restos grecs ou français où mon père avait ses habitudes de célibataire. Je ne suis pas sûre que papa eût encore beaucoup de succès auprès de la gente féminine tant son chez-lui était masculin, organisé au cordeau, entièrement tourné vers la réflexion et le travail, tandis que l'appartement précédent, rue de Rennes, aux airs de garçonnière, était visiblement destiné à accueillir des femmes.

Sa voiture était parquée en vrac dans un garage voisin. Elle nous emmena à Gouers, en Indre, dans le château de son enfance où sa sœur, Roselyne, avait pris ses quartiers. Comment s'était-elle débrouillée pour faire déshériter papa au point qu'il ne récupère pas une seule petite cuillère ? Aucune idée. J'étais trop jeune pour m'intéresser à ces problèmes d'adultes en dérive, dévorés par des sentiments que je jugeais malsains. Le peu que je sais me vient des dires de maman, mais ça reste très flou aujourd'hui, car trop lointain. Une histoire glauque mêlant ma sœur Sophie qui aurait dû être légataire universelle mais qui, en mourant, avait fait capoter l'arrangement. Un montage digne des films à suspense ou des romans intrigants de Boileau et Narcejac. Le tout avait débouché sur une brouille de famille et au fait que maman ne souhaitait plus voir personne du côté de papa.

Et si la clé de mon histoire se trouvait précisément là, dans cette branche paternelle que je connais à peine et qu'il m'était interdit d'approcher ? Les Monteynard. Ça expliquerait un certain nombre de points restés sans réponse : la haine que Jeanne entretenait pour la sœur d'Arnoux, ou le fait qu'elle ne m'ait jamais conduite vers ces cousins-là. Mais ce n'est qu'une supposition parmi tant d'autres, sans preuve, sans indice valable. Juste une piste que je n'ai jamais eue la force d'emprunter de crainte de me perdre dans cet océan de possibilités infinies qu'est la recherche des origines.

Chapitre 9

À presque douze ans, ma vie migra vers une autre dimension dont le centre névralgique – puberté oblige – allait bientôt devenir les garçons. Était-ce les quelques jours passés avec mon père qui eurent cet effet-là ? Ou simplement les pulsions naturelles propres à l'adolescence ? Je ne me souviens pas qu'il m'ait appris quoi que ce soit de plus sur les circonstances de mon adoption. En revanche, j'avais découvert que l'homme et la femme étaient faits pour s'entendre en dépit des apparences et de ce que j'avais pu constater au sein de ma famille adoptive. Je mis donc l'année de cinquième à profit pour m'initier aux premières amourettes et tester mes capacités de séduction sur mes camarades de classe masculins. Jeanne m'avait enfin autorisée à me faire pousser les cheveux ; je commençais lentement à ressembler à une jeune fille même si tout ce qui se rapportait à la féminité – jolies robes, coiffures alambiquées, maquillage et tutti quanti – me laissait de marbre. Mes plans fonctionnèrent plutôt bien. Je passai d'une aventure à l'autre pour finir trois mois durant avec le même garçon, ce qui eut comme avantage d'accroître ma popularité à Stan où j'avais débarqué sans connaître personne si ce n'est, comme tout le monde dans l'école, les deux fils de Claude François.

Parallèlement, je poursuivis avec assiduité mes expériences de mensonges et de manipulation auprès de maman et les étendis au-delà de ma microsphère familiale, profitant du fait que les gens que je côtoyais alors étaient essentiellement nouveaux dans ma vie et ne rencontreraient probablement jamais ma mère. Je m'inventai ainsi une grande sœur géniale à l'image de celle de Claire, et lui attribuai des aventures incroyables et des idylles romanesques qui gardaient mes auditeurs attentifs et me rendaient captivante. Plus embêtant pour ma santé psychique, je me donnai deux ou trois fois des rendez-vous virtuels dans des cafés de la Croisette avec ma « vraie » mère. Là, j'attendais quelques heures en fixant le trottoir, et finissais par éclater en sanglots car elle n'était pas venue, suscitant immédiatement l'empathie des serveurs et des clients autour. Comme pour revivre l'abandon originel, pour me l'ancrer dans le cerveau comme faisant partie intégrante de mon histoire à moi seule. Tout ça devait probablement relever du même processus masochiste que lorsqu'on se trifouille les gencives avec un cure-dent jusqu'à se faire saigner et vraiment avoir mal. J'avais besoin de souffrir, d'en baver toujours plus, pour me construire. Mon adoption suivie d'une partie d'enfance austère, sans père ni frère ni sœur, avec une mère âgée et dépressive, n'avait visiblement pas suffi. J'en rajoutais une autre couche, pour avoir de quoi pleurer pendant des heures devant le miroir fixé sur la porte de ma penderie. J'avais compris très tôt – sans doute trop – que la vie n'est pas un long fleuve tranquille et qu'il faut s'armer jusqu'aux dents pour la traverser sans couler.

D'ailleurs Jeanne et mes professeurs disaient souvent que j'étais très mature pour mon âge. Tandis que la plupart de mes copains semblaient couler des jours heureux et nageaient dans l'insouciance des jeunes années, les exemples autour de moi étaient tous plus noirs les uns que les autres. Pour faire court, je baignais depuis ma naissance dans un lac aux eaux troubles où l'abandon, le drame, le cancer, la mort, la séparation, la dépression et l'adultère étaient légion. Comment aurais-je pu faire autrement ? De la même manière qu'un gosse élevé dans la rue apprend à fouiller les poubelles et à chaparder pour survivre, je commençais alors à me forger la carapace indispensable et le système de défense qui, plus tard, me sauveraient la peau.

Alors oui, j'étais hors normes. La petite fille trop émotive – plus jeune, je fondais en larmes devant certaines réclames télévisées –, jalouse et insomniaque avait disparu, remplacée par une battante avide d'expériences à haut risque et d'aventures amoureuses, censées combler son manque de père. Les Playmobil et les Rocher Suchard furent ainsi enterrés au profit des premières cigarettes, à la sortie du collège.

Chapitre 10

L'été 1982, je fus envoyée un mois à l'île de Ré, à La Couarde-sur-Mer. Le pont n'existait pas et nous prîmes le bac avec maman et le vélo pliant qu'elle m'avait offert pour l'occasion. Maman tenait à ce que je connaisse Claude, le professeur particulier de ma sœur Sophie. Il avait quatre enfants dont l'aîné avait mon âge. Je faisais partie à nouveau, le temps d'un été, d'une vraie famille, nombreuse et versaillaise cette fois, ce qui eut pour effet de m'assouplir un peu et de ralentir ma nouvelle fougue.

Les semaines qui suivirent, je découvris l'Irlande profonde et débarquai au beau milieu d'une ferme dont j'adoptai promptement chaque membre. Les jumelles de mon âge étaient en extase devant moi, mon look et mes vêtements, pourtant peu reluisants, la dizaine de livres que j'avais apportés et dévorais pour faire glisser le temps. Je flottais littéralement dans le bonheur parmi les vaches – dont je finis par retenir les cinquante prénoms –, les cochons qu'on égorgeait parfois, les chats pouilleux, les chiens pleins de puces et les animaux de basse-cour. Le bain était réservé au dimanche, avant d'aller à la messe. Le soir, nous récitions le chapelet, agenouillés sur la moquette à fleurs devant les fauteuils en velours tout aussi fleuris, et je me creusais la cervelle pour transformer d'un air innocent les phrases du *Notre Père* anglo-saxon et faire rire tout le monde. J'adorais voguer d'une famille à l'autre, tester ma propension à me faire intégrer dans d'autres milieux sociaux que le mien, accepter, adopter en somme, par d'autres gens, au demeurant étrangers. J'y voyais une lueur d'espoir pour plus tard, la seule manière de quitter Jeanne sans y laisser trop de plumes.

De retour à Cannes, Papa nous rendit visite de plus en plus fréquemment. Il avait pris un coup de vieux, déjà bien attaqué par son emphysème pulmonaire qui réduisait sa capacité respiratoire de façon alarmante. Les femmes ne lui tournaient plus autour comme avant et le démon de midi ne faisait plus d'effet à celui qui, selon moi, en avait abusé. Il s'intéressait de plus en plus à nous, ses femmes fidèles, mais je ne voulais plus de ce papa grisonnant et malade qui n'avait pas été là quand j'en avais eu besoin. Les seuls moments que j'acceptais de partager avec lui étaient consacrés à fumer en cachette, lui ses bouts de cigares, et moi mes Gauloises Blue Way dont je collectionnais les différents paquets pour en faire des panneaux que je collais ensuite sur les murs de ma chambre. Maman ne repoussait pas mon père comme j'aurais souhaité qu'elle le fasse, bien au contraire. Je ne comprenais pas qu'elle avait trop de choses lourdes à se faire pardonner et que son salut ne pouvait passer que par là. Je boudais royalement, frappée de stupeur devant tant de pardon, me détournais ouvertement de ma mère, lui refusais les baisers du matin et du soir et parfois même les échanges de paroles, et ne trouvais pas mieux que de déserter la maison et d'enchaîner les sottises plus ou moins graves avec les bandes de voyous qui traînaient autour de Stan. Je passai donc le cap de mes treize ans en pleine crise d'adolescence, si gratinée qu'elle en frisait la délinquance.

Et puis Véro entra dans ma vie en année de quatrième et ne la quitta plus jusqu'en fin de troisième. Une autre sœur de cœur que je n'aimais pas à moitié, comme tombée du ciel. Ensemble, nous fîmes les quatre cents coups. Dans nos chambres où les fous-rires nocturnes allaient jusqu'à nous faire pisser au lit, dans les cafés où nous nous lâchions aussi sur les banquettes en skaï. Sur les îles de Lérins, aux beaux jours, où nous partions en bande pour pique-niquer, sauter depuis les rochers les seins à l'air et nous faire embrasser à l'abri des regards indiscrets. Et dans tout Cannes que nous traversions à fond, sans casque, à l'arrière des mobylettes trafiquées de nos copains pas tous très fréquentables, la cigarette au bec, et des suçons sur le cou. Au fil du temps, j'étais devenue un clown pour oublier la tristesse de ma vie de famille qui ne rimait à rien. L'autodérision, les grimaces, les blagues plus ou moins vulgaires faisaient de moi une fille crainte, respectée et populaire. Je n'avais peur de rien et brûlait la vie par les deux bouts, pressée de fuir ce et ceux qui m'attendaient à la maison. Tout ce que je demandais à mes parents : un peu d'argent pour pouvoir m'acheter un jeans serré, des Stan Smith et un sweat-shirt Capitol. Le temps de porter des vieilleries, que ma mère dénichait je ne sais où, était révolu. Celui où je devais passer des heures à argumenter pour obtenir un anorak neuf ou une paire de chaussures dignes de ce nom était terminé, une fois pour toutes. Il me suffisait d'un sourire – forcé – décoché à mon père pour obtenir ce que je voulais. Je découvrais enfin ce qu'avoir deux parents permettait, et surtout comment passer de l'un à l'autre et les mettre en porte-à-faux pour avoir gain de cause. J'étais devenue maître dans l'art de la manipulation et en tirait une joie immense.

Je décidai aussi de ne plus me soucier de mes origines naturelles, source d'angoisse infinie, de ne plus penser à cette mère inconnue, sans visage et sans voix, si souvent imaginée, et de tourner cette tare évidente en force vitale. Mon esprit d'indépendance était né pour ne plus me quitter. J'avais décidé d'être libre, forte et dure. Néanmoins, quand l'un de mes copains me traita de bâtarde, je fus profondément blessée et pris, depuis, l'habitude d'annoncer la couleur en expliquant que j'avais été adoptée à ceux que je rencontrais et qui pouvaient devenir des amis. Ça me permettait de justifier plus facilement l'âge avancé de mes parents, les trente centimètres de hauteur qui nous séparaient ma mère et moi et surtout, de dresser un bouclier pour me protéger des émotions néfastes. Seuls ceux qui me regardaient droit dans les yeux de longues minutes pouvaient déceler les fêlures de mon existence. À tous les autres, je montrais un masque de fer.

Chapitre 11

L'été 83 fut celui de ma première cure thermale de souffre à Luchon, due à un vilain mensonge que j'avais choisi de mener jusqu'au bout. Tout était parti du cours d'art martial auquel j'avais demandé à Jeanne de m'inscrire l'année précédente pour la simple raison qu'il avait lieu non loin de chez un garçon qui m'attirait. Après quelques leçons sagement suivies, je mis cette heure à profit pour me rendre chez lui chaque semaine. Le professeur ne mit sans doute pas longtemps à prévenir maman de mes fréquentes absences et je ne trouvai pas mieux que de fondre en larmes et soutenir que je souffrais de migraines et que le jujitsu, m'obligeant à mettre régulièrement la tête en bas, était une torture. Jeanne m'emmena consulter. Le médecin diagnostiqua une sinusite chronique et me prescrivit trois années consécutives de cure. Génial. Mais je tins bon et n'avouai jamais rien à maman. J'avais mis des lustres à gagner sa confiance, or il n'était pas question de la perdre au moment où elle me serait le plus utile.

Après Luchon, qui fut un véritable calvaire et me replongea dans l'ambiance détestée des colonies de mon enfance que j'associais systématiquement aux années lugubres du Cros-de-Cagnes, maman m'envoya passer deux semaines à Villers-sur-Mer chez l'une de mes cousines – dont je tairai le nom car elle sera mise en cause bien plus tard – qui était mariée et avait des enfants encore tout petits. Jeanne l'avait hébergée à Cannes avec son premier bébé et avait témoigné devant le juge afin qu'elle obtienne sa garde. Je soupçonne ma mère d'avoir prévu le coup, au cas où elle passerait l'arme à gauche, pour que je ne me retrouve pas toute seule, sans famille et sans personne pour m'entourer. Ma cousine avait juste trente ans et, grâce à la carrière de son second mari, avait les moyens de pourvoir à la fin de mon éducation. Et en effet, ils allaient devenir mes tuteurs légaux un an plus tard.

C'est depuis l'Irlande, chez mes fermiers préférés, que j'appris au téléphone que maman s'était cassé trois côtes dans un accident de voiture, ce qui eut pour bénéfice de me faire réaliser que j'avais failli la perdre et combien elle m'était chère. Je revins donc en France plus docile et passai deux semaines à Gouers. Papa y avait fait bâtir une petite bicoque pour y finir ses vieux jours et l'avait plantée non loin du château de son enfance dont les portes lui avaient été closes. Sa vengeance n'allait pas être bien longue…

De retour à Cannes en septembre, mon père s'installa chez nous pour de bon, incapable désormais de vivre sans assistance avec sa machine à oxygène. Pour l'adolescente que j'étais, l'ambiance était plombée.

Je ne vis pas d'autre option que de poursuivre mon existence délurée, entamée l'année précédente. Véro à mes côtés, je commençai l'année en me décolorant les cheveux à l'eau oxygénée, et passai la vitesse supérieure. Cannes était devenu trop étroit à notre goût et nous nous échappions à Nice, chiper du maquillage dans les centres commerciaux et traîner dans les rues en fumant. Avec Véro, nous étions comme les doigts de la main, riant toujours autant. Quand elle venait dormir à la maison, nous nous essayions au spiritisme ou nous déguisions en prostituées et allions héler les voitures sur la route de la plage avant de prendre nos jambes à nos cous lorsque l'une d'elles ralentissait. C'était une sœur pour moi, celle que j'aurais tant aimé avoir. Nous vivions une amitié profonde et vraie, et ça me faisait un bien fou. Les escapades en deux-roues allèrent jusqu'à Saint-Tropez. Les vieilles dames m'arrêtaient dans la rue et me remontaient les bretelles, scandalisées de voir une aussi jeune fille une cigarette aux lèvres et l'air aussi dépravé. Elles me donnaient facilement deux ans de moins, j'en suis sûre. J'allais en avoir quatorze, ma protection de survie était bien en place, celle qui donne l'air méchant par l'autodestruction qu'on s'inflige. Mais au fond, je me sentais libre. Et tombai amoureuse. En vrai. Comme dans les livres et les films à l'eau de rose. Du fils d'un honorable et courageux maçon, père de quatre garçons. Je ne vous décrirai pas la tête de mes parents, mais j'imagine que leur obsession fut de m'exfiltrer de ce guêpier qu'était devenu Cannes et de m'arracher à mes fréquentations, désastreuses à leurs yeux, sans trop éveiller les soupçons de la rebelle absolue que j'étais devenue par la force des choses.

Si la possession d'une mobylette faisait partie de mes vœux les plus chers, j'avais fini par faire une croix dessus. Contre toute attente, je reçus pour mon quatorzième anniversaire un vrai beau Ciao qui m'apparut le matin du 30 novembre 1983 tandis que je remontais mon store roulant en bayant aux corneilles. Devant mon ébahissement, maman se défendit en disant préférer me savoir sur mon propre engin qu'à l'arrière de celui d'un copain qui allait faire des folies et crâner pour m'impressionner. Sur ce point, au moins, j'étais d'accord avec elle.

Mes amis se chargèrent illico de le peindre en vert lagon et de le trafiquer pour qu'il fonce, et je pus enfin goûter à une réelle liberté. Celle de quitter la maison aux aurores pour rejoindre mes copains au café faire des parties de flipper et de jeux vidéo. Celle d'être indépendante et de me déplacer quand et où je le souhaitais. Mes parents avaient cependant mis deux conditions à la possession de mon deux-roues : que je porte un casque et que je ne roule pas seule de nuit. Je ne pouvais que m'incliner. Mon casque passa néanmoins plus de temps sur mon guidon que sur ma tête – personne à Cannes n'en portait et la police s'en moquait. Quant à l'interdiction des sorties de nuit, je la respectais même si les retours dans les phares de la voiture de Jeanne me collèrent une honte inoubliable : une gifle magistrale assenée devant tous mes amis à la sortie d'un cinéma parce que je l'avais fait attendre vingt minutes. J'ai fini par haïr ma mère, à cette époque-là, et par élever une barrière entre nous. Je me retins pourtant de lui exprimer ouvertement que je ne voulais plus d'elle, de sa faiblesse devant papa mourant, de sa démission devant moi et que je rêvais de m'enfuir le plus loin possible. Et je fis bien. L'avenir allait s'en charger à ma place.

Quelques semaines plus tard, il fut décidé que l'on rentrerait dans la région parisienne l'année scolaire suivante. Ça devait me laisser largement assez de temps pour aller au bout de mes pires expériences.

Je ne fichais plus rien en classe, ayant mieux à faire selon moi puisque le temps était compté. J'étais d'une impertinence absolue, prête à tout pour amuser la galerie et détendre l'atmosphère. Fumant en classe, rigolant de la tête des profs les moins appréciés, préférant errer dans les rues que de faire mes devoirs, soudain incrédule que le travail scolaire pût m'apporter quelque chose. Lorsque mes parents reçurent mon second bulletin scolaire de troisième, je fus immédiatement privée de mobylette et inscrite à un stage de voile à la pointe du Palm Beach comme une gamine, priée de ramener un prochain carnet avec les félicitations, sans quoi aucun établissement scolaire ne m'accepterait. Et maman visait la meilleure école de filles de Rueil.

Je ne me souviens que très mal de nos dernières semaines à Cannes. Je vivais sur un petit nuage, blottie la plupart du temps dans les bras de mon amoureux. C'était une histoire très sérieuse, la mienne, qui n'avait plus rien à voir avec celle de mes parents. J'étais digne d'intérêt, on m'aimait autrement, pour ce que j'étais moi, ce que j'avais construit toute seule, ma personnalité. Les différences de milieu et d'éducation m'importaient peu. Seul comptait l'amour, avec un grand A, que nous nous portions.

Pendant ce temps, papa vieillissait de jour en jour, rongé par la maladie. Maman le regardait se désagréger, impuissante, et en oubliait de me surveiller et de fixer le cadre dont j'avais pourtant besoin pour me développer sainement. Elle s'y activa pourtant, remettant à Paris ce qu'elle ne faisait pas pour moi à Cannes, et organisa notre retour en combattant ses démons comme elle put. J'étais dans ma bulle, ne voyais pas se profiler les jours noirs qui allaient être les nôtres. Et si je remis les bouchées doubles pour remonter les notes de mes bulletins scolaires et fis mine de savoir ce que je voulais faire plus tard – pilote de chasse fut l'une de mes nombreuses lubies –, je n'en oubliai pas de multiplier les écarts. Dont l'un serait irréparable et marquerait ma vie au fer rouge.

Je ne sais plus comment se sont déroulés les adieux avec cette drôle d'existence que mes parents n'avaient jamais souhaitée pour moi et dont ils ne savaient finalement pas grand-chose, et tous ces amis que j'aimais profondément. Les groupes dont je faisais partie m'avaient accueillie parmi eux telle une princesse, probablement conscients que je n'avais rien à faire là, que j'étais de passage, tombée là par hasard. J'ai sans doute promis des lettres, des nouvelles, sans savoir qu'une autre vie m'attendait ailleurs.

L'année scolaire prit fin, et je me retrouvai dans le train avec maman et le chat, mon walkman à cassettes scotché sur les deux oreilles. Après avoir avoué à Jeanne, d'un air défiant tout commentaire, que je fumais, je jetai un dernier regard par la fenêtre sur le Sud. Mon Sud à moi.

Chapitre 12

Mon père est mort le 22 août 1984, trente-quatre ans après la naissance de Sophie, sa fille chérie. Je ne l'ai appris qu'à Orly où maman était venue me chercher. Elle était dévastée tandis que cette nouvelle me glissait dessus comme sur les plumes d'un canard. J'étais blindée. Pour moi, papa nous avait déjà abandonnées ; le mal était fait, le second abandon déjà consommé, intégré, évacué dans les méandres du passé. J'avais d'autres soucis aussi, qu'il m'était alors impossible de partager avec Jeanne tant ils étaient accablants. Mais ce qui m'affligeait le plus était de voir ma mère dans cet état. Je la revoyais dix ans en arrière, à la fin de notre séjour en Italie puis au Cros-de-Cagnes, les yeux rougis et l'air hagard. Elle avait replongé en enfer.

Dans le taxi sur la route vers Saint Cloud et la maison de tante Gigi, elle me raconta comment mon père s'était éteint à Gouers, auprès d'elle, à l'âge de cinquante-neuf ans, après un coup de fil professionnel d'une heure. Elle me décrivit par le menu son bosseur de mari, son intelligence, les centaines de lettres qu'elle avait reçues à son sujet de gens qui avaient travaillé avec lui, qui saluaient son charisme, son esprit et sa carrière exemplaire. Ça semblait la soulager. Moi, je ne connaissais pas cet homme-là. Avant-gardiste, visionnaire, travailleur acharné, drôle, créatif, habile de ses mains, qui peignait, collectionnait les boîtes d'allumettes des hôtels du monde entier, travaillait le bois comme un vrai menuisier. J'avais raté quelque chose, mais ce n'était pas de ma faute.

Nous sommes parties à Lorgues pour l'enterrement, maman détruite par le chagrin. Je n'ai pas versé une larme mais lui ai tenu la main, la soutenant de mon mieux, lucide sur un seul point : notre existence à venir n'allait pas être marrante tous les jours. Dina était là, paisible, prenant les malheurs de la vie comme ils venaient, avec calme et philosophie.

Dès le retour, Jeanne installa nos meubles et nos affaires à Chaville, au second étage de la maison d'une tante éloignée, rue Lazare Hoche. Je ne sais pas comment elle tenait encore debout. Probablement grâce aux innombrables pilules qu'elle avalait depuis des années et dont les doses avaient dû être renforcées pour encaisser le choc. Moi, je mettais George Michael, Tracy Chapman et Madonna en boucle dans ma chambre mansardée, comme si la musique allait la rendre hermétique aux souffrances, aux angoisses et aux crises de désespoir avec lesquelles Jeanne se débattait en équilibre précaire.

La rentrée scolaire approchait. Il fallait que je lui parle, mais n'y parvenais pas tant elle était ravagée. Ma mère portait les pantalons et les chemises de mon père, divaguait, oubliait qu'il fallait que l'on se nourrisse de temps en temps, pleurait dans sa chambre et dans le combiné du téléphone. Elle se noyait dans les démarches administratives qui pleuvaient et auxquelles elle avait du mal à faire face, elle qui n'avait jamais ouvert une déclaration d'impôts ni rempli un papier officiel de sa vie. Elle était désemparée devant les questions d'héritage à régler et affolée que je puisse dilapider ce que mon père avait gagné à la sueur de son front. Tout ça me passait largement au-dessus de la tête et je me moquais pas mal de savoir combien nous avions en banque. Je m'étonnais d'ailleurs que maman, durant toutes ces années, m'ait fait croire dur comme fer que nous étions fauchées, m'ait habillée de vêtements d'occasion toute mon enfance, n'ait jamais fait réparer sa voiture déglinguée et soit allée jusqu'à ne pas renouveler son abonnement au Télérama. Je n'avais simplement pas compris qu'elle ne voulait pas faire de moi une enfant gâtée et qu'il serait toujours temps d'utiliser l'argent lorsqu'il n'y aurait plus d'amour.

Le soir du premier jour de lycée que je passai à Rueil, vêtue de bleu et blanc de la tête aux pieds, je pris mon courage à deux mains pour annoncer à maman ce que j'avais déjà repoussé depuis trop longtemps. Je ne pouvais plus l'épargner. Ce problème-là, j'étais incapable de le gérer toute seule. Je n'avais pas quinze ans. Moi qui étais une brindille, j'étais gonflée à l'hélium, mais Jeanne n'avait rien vu.

Alors voilà, j'avais un gros ventre. Voilà, j'avais grossi. Et oui, j'avais couché. Bien sûr, une seule fois, cela allait sans dire – puisque c'était ce qu'elle voulait entendre. Comme ma « vraie » mère d'ailleurs. Marrant, non ? Elle qui était si jeune, c'est bien ça ? Je ne faisais que reproduire mon schéma familial naturel, n'est-ce-pas ? Maman n'y croyait pas. C'était trop. Trop dur, trop énorme, trop lourd. Papa n'était pas mort depuis un mois. Oui mais ça faisait déjà trois mois que quelque chose clochait chez moi. Il fallait faire quelque chose maintenant, des examens quoi. Vérifier, confirmer le problème, la faute impardonnable. Prendre des décisions, agir, mais ne pas me laisser comme ça sans rien faire. Nous étions dans ma petite chambre sous les toits, comme deux carcasses desséchées, aussi paumées l'une que l'autre. Jeanne était sans voix. Moi, j'avais la nausée.

Je ne suis pas retournée en classe. Le lendemain, nous déboulions à l'hôpital de Sèvres. Échographie positive, soutien psychologique auprès du docteur Jacqueline V., compréhensive et bienveillante. Le hic, c'est qu'on avait largement dépassé le délai légal d'intervention. Il fallait envisager de me transbahuter en Angleterre ou en Suisse. Maman était sous terre mais prit les choses en main. Après de longs débats, elle me convainquit en me racontant comment elle aussi, avant de rencontrer papa, avait frisé la septicémie en faisant passer le fruit de sa liaison avec un homme marié chez une faiseuse d'anges grâce à des aiguilles à tricoter. Qu'on allait prendre soin de moi. Qu'elle allait trouver une solution. Que c'était un secret absolu qu'il faudrait que je ne dévoile jamais à quiconque. Sans quoi ma vie serait foutue. Je serais rejetée par tous, infréquentable, bannie de la famille. Ma réputation serait irrécupérable. J'écoutai sagement et remis ma vie entre ses mains. Je lui faisais confiance. Je n'avais pas le choix.

Nous ne fûmes pas forcées d'aller à l'étranger, maman avait remué ciel et terre et dégoté l'homme providentiel. Je vis un gynécologue eurasien aux yeux clairs sur la place Saint Michel auquel maman remit une grosse enveloppe. Ça se passa à la clinique des Lilas, dans le 19e arrondissement de Paris. Officiellement, pour le personnel soignant, il s'agissait d'une simple appendicite. Je n'y passai qu'une seule nuit, et le lendemain matin un chariot m'emporta, les entrailles à vif, en salle d'opération. Je voulus en descendre dans un dernier sursaut de lucidité, arguant le fait que si ma mère biologique avait agi de la sorte, je n'aurais pas eu la chance de vivre. Un ignoble chaos me dévastait l'esprit. Les infirmières ne parvenaient pas à me raisonner tant j'étais enragée. On me sangla et on m'endormit. C'était fini.

La seule issue que je vis à cette tragédie tombait sous le sens : me supprimer. Au-delà du crime commis, j'avais trop fait souffrir Jeanne, ne la méritais pas. Mon avenir était bouché. Je ne valais rien. J'étais incapable de faire autre chose que du mal autour de moi. La dépression post-partum m'assaillait. Je me mis pourtant en tête de revoir une dernière fois mon amoureux de Cannes et organisai tout minutieusement depuis mon lit où j'étais censée me requinquer une semaine avant de retourner en classe. La veille de ma fugue, ma marraine vint nous voir à Chaville. Je dissimulai avec peine l'émotion qui me prit à la gorge au moment des au revoir que je pensais être des adieux.

Le lundi matin, après avoir glissé une lettre d'excuses et d'amour sous l'oreiller de maman, au lieu de prendre le RER pour Rueil, je rejoignis directement la gare de Lyon où j'achetai un aller simple avec l'argent que j'avais obtenu de Jeanne en prétextant vouloir lui faire un cadeau. Mon cartable ne contenait aucun livre ni cahier. J'avais prévenu, il m'attendrait à Cannes, sur le quai. Mais ne connaissait pas mon projet final, celui de me jeter sous le train du retour dont je n'avais pas de billet.

Je fus cachée chez lui dès le soir, et depuis mon placard, je pus entendre son père en grande conversation téléphonique. Maman parlait si fort que je pouvais distinguer quelques bribes de phrases. L'école l'avait appelée à onze heures du matin. Elle craignait le pire, un enlèvement. Ma psy avait suggéré à Jeanne d'appeler Cannes. Elle ne voyait pas où j'aurais pu aller d'autre. Le temps était compté.

J'avais quarante-huit heures pour regagner le domicile avant que la police ne parte à ma recherche. En cas de fugue avérée et de non-retour avant le mercredi matin, maman se verrait enlever ma garde et je serais envoyée en maison spécialisée pour orphelins. Le juge des tutelles avait tous les droits depuis que papa était mort et que maman était seule pour m'élever.

Je passai tout le mardi à réfléchir, dissimulée dans une chambre ou une salle de bains. Il fallait donc que je rentre. J'étais attendue à Paris. Je n'allais quand même pas foutre la vie de ma mère en l'air, après tout ce qu'elle avait encaissé. Il m'était impensable de rajouter ça sur ma conscience déjà trop lourde.

Le mercredi matin, il m'emmena à Nice devant son lycée pour récolter de l'argent auprès de ses amis. Tout le monde compatissait à ma situation désespérée. Il m'accompagna ensuite à l'aéroport où j'eus tout juste de quoi acheter un billet d'avion pour Paris. L'horloge tournait. Je n'avais toujours pas donné signe de vie à maman. Je voulais atteindre la limite, comme d'habitude. J'atterris à Paris à onze heures, mais le temps de repérer une cabine téléphonique et d'y introduire la pièce de cinq francs qui me restait, quelques précieuses minutes avaient passé. On avait mal calculé notre coup. J'appelai maman tout en dégoulinant de sueurs froides. Elle me rassura, me dit que j'étais sauvée et me demanda de sauter dans un taxi qu'elle paierait à l'arrivée.

Je me souviendrai toujours de Jeanne, tout au bout de la longue rue résidentielle bordée de maisons, ses bras immenses ouverts en croix, le sourire aux lèvres, pleurant de joie. Nous avions failli nous perdre. Elle m'accueillait comme elle l'avait fait pour mon père, en me pardonnant tout le mal que je venais de lui faire. Ma mère était une sainte, je n'ai jamais rencontré personne d'aussi bon et généreux qu'elle. Elle demeure toujours un exemple et un guide. Une maman irremplaçable.

Chapitre 13

Mon existence était un vaste champ de mines qui m'avaient sauté à la figure. Mais je décidai que comme je n'étais pas morte, j'allais me reconstruire. Tout reprendre à zéro.

D'ailleurs, pour moi, tout était nouveau. J'intégrai une petite école de filles, type boîte à bac, à Versailles. Officiellement, j'avais contracté une maladie des reins qui m'avait clouée au lit plusieurs semaines et Rueil me reprendrait en année de première si j'arrivais à rattraper mon retard et à ramener de bons bulletins.

Après Cannes, Versailles me semblait hors du temps. Les gens autour de moi s'exprimaient bien, portaient des vêtements élégants. Le collier de perles et le carré de soie étaient de rigueur. Les clips d'oreilles et le rouge à lèvres aussi. Les souliers en cuir remplaçaient les tennis. Je découvris les bottes et les vrais manteaux dont je n'avais jamais eu besoin. Les jours froids ou pluvieux, maman venait me chercher rue de la Paroisse dans sa 2CV beige. C'était humiliant, sauf quand elle me mettait au volant pour rentrer chez nous.

Chez nous, nous n'y étions pas encore. Jeanne se battait pour récupérer sa maison, à La Celle-Saint-Cloud, qu'une américaine divorcée avec ses cinq enfants ne daignait pas quitter. Elle avait la loi pour elle et ne se donnait plus la peine de payer son loyer. Maman se faisait berner par une foule de gens malveillants qui profitaient de sa naïveté mêlée de générosité : l'ancienne secrétaire de papa, les agents de change, certaines de ses amies d'avant. Ils avaient bien repéré la proie facile qu'était ma mère à l'époque, dépassée par le veuvage et le chagrin.

Parmi la foule de formalités à gérer, il fallut me désigner des tuteurs légaux, au cas où maman viendrait à mourir avant ma majorité. C'était obligatoire pour les enfants adoptés, nous ne pouvions nous y soustraire. Avec mon consentement et bien entendu le leur, l'une de mes cousines et son mari furent nommés. Je les connaissais assez bien grâce aux deux semaines passées avec eux à Villers, en 1983. Ils m'avaient même choisie comme marraine de l'un de leurs fils malgré mon jeune âge. C'était comme si nos sorts étaient un peu liés, comme si l'on s'organisait méthodiquement pour se revoir régulièrement. Comme si la mort de maman planait déjà au-dessus de moi. Les lois sont mal faites parfois.

Pour mes quinze ans, fêtés tristement en tête-à-tête, maman m'offrit une chevalière gravée aux armes des Monteynard, un lion sur fond de chevrons, que je porte toujours à l'auriculaire gauche en hommage à mes parents. Dans ce nouveau monde qu'était Versailles, c'était bien vu. On affichait ses origines aristocrates.

Gatienne fut la première à m'accueillir dans la classe, une fille ravissante, douce, féminine, qui affichait une préciosité dont je n'avais pas l'habitude et qui me fascinait. Puis il y eut Katya, avec laquelle nous fumions et toussions en riant sur le trottoir devant l'école, allions acheter des pains au chocolat à la boulangerie du coin et échangions nos points de vue railleurs. Rapidement, La Civette, café situé non loin du Bassin de Neptune, devint notre quartier général. Nous y déjeunions, refaisions le monde, reluquions les garçons.

Maman m'avait inscrite dans deux rallyes, l'un parisien, l'autre versaillais, histoire de combler mes lacunes en matière de mondanités et de me faire entrer dans le rang à proprement parlé. On était loin de Cannes, des garages de mes copains où s'entassaient les mobylettes volées, des joints fumés à la tête des passants, des soirées passées à regarder des clips vidéo enregistrés. Je mis de longs mois à me sentir à l'aise dans ces réceptions que je trouvais évidemment surfaites et ampoulées, encore mal habituée au champagne et aux petits fours, aux robes de velours ou de taffetas de soie. Je côtoyais ainsi les descendants de l'aristocratie et de la haute bourgeoisie dont, selon maman, j'étais issue par ma naissance, mais ça ne m'impressionnait pas. Je me fondais dans le moule, donnais le change, tout en songeant parfois que s'ils avaient su d'où je revenais, ils m'auraient supprimée de leur répertoire alphabétique et de leur vie et ne m'auraient plus adressé la parole. Maman m'avait sommée d'enterrer mon passé plus que douteux. J'obéissais sans broncher.

Pour être sûre que je ne fréquenterais plus que des gens bien nés, ma mère m'envoya à Briançon pendant les fêtes de fin d'année passer une semaine dans le camp de vacances créé par l'un de mes oncles. J'y fis la connaissance de Paul Belmondo mais surtout de Jérôme qui devint mon meilleur ami quelques années plus tard.

Je ne me souviens pas de notre premier Noël sans papa. Il ne dut pas être très gai, forcément. Mais l'une de mes cousines en âge d'être ma tante nous convia gentiment à sa table. Nous allions encore très souvent voir les belles-sœurs de maman à Saint Cloud, où j'aimais reprendre place parmi mes grands cousins germains, comme quand j'étais enfant.

Pour tromper la tristesse qui s'était glissée dans les failles de notre existence, je me réfugiais tous les soirs dans les pages des biographies et des romans piochés parmi les milliers de livres que Jeanne trimballait depuis toujours derrière elle, et constatais, perplexe, que le monde était truffé d'histoires bien plus sordides que la mienne. Je m'inspirais ainsi de toutes les recettes miraculeuses que les gens, réels ou imaginaires, avaient appliquées pour s'en sortir et être quand même heureux. Mon visionnage de films fleuves ou de grands chefs-d'œuvre retraçant des destinées ahurissantes autant que des huis clos déprimants, procédait de la même démarche. Je découvrais avec soulagement que l'abandon, le cancer, la dépression, l'adultère et même la mort étaient loin d'être les seuls maux sur terre. Que la guerre, la famine, l'inceste, la haine, la misère, la torture, le suicide, la folie, les crimes en tout genre et le viol complétaient le tableau noir de ce qu'on nommait l'humanité. À ce titre, maman avait d'ailleurs une amie qui débarquait régulièrement chez nous au milieu de la nuit avec un œil au beurre noir ou un bras cassé. Elle l'emmenait aussitôt à l'hôpital et s'ensuivaient de débats houleux pour savoir quand elle allait finir par se décider à quitter ce mari odieux qui la battait, Jeanne soutenant qu'un jour, on la retrouverait morte sur les tomettes de sa cuisine et qu'elle ne pourrait plus rien faire pour elle. Décidément, le monde était parfois bien moche.

Chapitre 14

Les mois s'égrainèrent ainsi, à accepter cette nouvelle vie et son lot de codes, de règles et d'interdits. La petite rebelle meurtrie n'avait plus droit de cité. Ne devait subsister que la jeune fille bien élevée, naturelle et souriante en toute circonstance, à qui il n'était jamais rien arrivé et sur laquelle les malheurs étaient censés avoir glissé comme des lettres à la poste. Pour maman, je prenais mon rôle à cœur, j'acceptais de me plier à ses desiderata, j'affrontais la jeunesse dorée sans sourciller, je n'avais plus rien à me reprocher si ce n'est peut-être d'avoir un compagnon officiel au long cours et donc de faire jaser les commères à cours de potins et de scandales. Avec une liaison aussi durable, nul doute que la petite Monteynard couchait, devaient-elles cancaner. Mais si ce que l'on pensait ou disait de moi avait du poids pour Jeanne, soucieuse de mon avenir dans la bonne société, je m'en contrefichais sincèrement.

Et tandis que les radios libres fleurissaient sur les ondes parisiennes, nous emménageâmes enfin à La Celle-Saint-

Cloud, Grande Rue, dans le hameau des Gressets. Un coin suspendu, d'un autre temps, que les aquarellistes venaient croquer le dimanche, planté de vigne, de glycines et de quelques vieilles maisons du XVe siècle aux couleurs vives et aux allures provençales. La nôtre était jaune aux volets bleu-roi. Toute de guingois et biscornue, originale et chaleureuse, avec des poutres un peu partout et des plafonds bas. Le train passait en bas du jardin, comme à Cannes, menant cette fois à la petite gare de Louveciennes.

Les voisins nous accueillirent très gentiment, surtout Gina et son fils Christian – de dix ans mon aîné –, juste en face, dont je préférais la maison à la nôtre. Certes Gina ne m'avait pas vue naître, mais c'était tout comme puisque c'est là que j'avais passé mes dix-huit premiers mois d'enfant adoptée, que j'avais fait mes premiers pas et prononcé mes premiers mots.

Quant à nos voisins directs, sur le terrain desquels nous avions un droit de passage pour sortir nos poubelles et faire passer les éléments encombrants, ils étaient moins heureux de nous revoir. Vieux couple sans enfant, les V. avaient acheté la moitié de la parcelle acquise par mes parents à la fin des années 40. Monsieur était alors le chef hiérarchique de papa, mais les rôles s'étaient inversés en quelques années, et il ne l'avait toujours pas digéré. Le retour de Jeanne ne faisait que réactiver de vieux souvenirs pas toujours plaisants et c'est moi qui en fis les frais, essuyant des mots durs de la part de madame V. dès que l'occasion s'en présentait, et surtout quand je rentrais ou sortais mon deux-roues par leur portail.

Maman semblait avoir sorti la tête de l'eau. Elle revenait, après quatorze ans d'exil, entre les murs desquels elle avait aimé mon père, élevé Sophie, et m'avait accueillie bébé. Qui renfermaient ses plus belles années. Ce lieu où papa avait laissé son empreinte dans chaque pièce en fabriquant de ses mains tous les éléments en bois : une coiffeuse dans la salle de bains, des petits tiroirs pour les bijoux dans leur chambre, des trappes secrètes derrière leur lit, des placards et des étagères partout.

En attendant les cartons du déménagement, nous dormîmes sur les divans intégrés du salon, près de la cheminée. Tout était saccagé, dedans comme dehors, mais maman s'en moquait. Elle voulait tout restaurer. Et rendre son âme aux Gressets.

Cette façon qu'elle a eu de recouvrer ses forces en récupérant sa maison et en y faisant des travaux m'est toujours restée en mémoire, comme un modèle à suivre, une technique de survie maintes fois reproduite lorsque, plus tard, je serais perdue. C'est bien là aussi, je crois, que j'ai tiré cette passion des appartements anciens chargés d'histoire, comme s'ils symbolisaient le ventre où l'on a grandi, le seul endroit où rien ne peut arriver. Et que j'ai assimilé les travaux que Jeanne avait engagés comme une façon évidente de se retaper elle-même.

Durant cette période de résurrection, outre mes oncles et tantes les plus proches, Jeanne m'emmena voir certaines personnes de sa génération parmi lesquelles Paule de R., du côté de Vaucresson. Je me demande aujourd'hui si elle n'avait pas un rapport quelconque avec ma famille d'origine. Notamment à cause de son physique, tout petit comme le mien, et dans mon souvenir, les cheveux châtains et les yeux marron, comme moi aussi. J'ignore quel chagrin insurmontable l'avait plongée dans l'alcool, mais les cadavres de bouteilles couchés dans son salon m'avaient choquée. Le prétexte que maman avait trouvé pour me convaincre de l'accompagner était que Paule regorgeait de jolies tenues de couturiers et souhaitait les donner. Je passai un après-midi à essayer des tailleurs matelassés et des robes échancrées. Sans succès. Rien ne me plaisait. Trop vieillot et démodé. Paule vint peut-être dîner une fois ou deux à la maison, et vida ma bouteille de Guerlain, et je n'en entendis plus parler. Je n'ai jamais creusé cette piste-là.

L'année scolaire de mes seize ans passa à toute allure. J'avais persuadé Jeanne de me laisser au lycée à Versailles. Les drames étaient derrière ; avec maman, nous allions de l'avant. Elle, la tête dans son chantier, moi, absorbée par mes copains, mes sorties, mes feuilletons télévisés et, quand j'en ressentais la nécessité absolue, mes devoirs. Je mesure aujourd'hui combien les sentiments de ma mère m'étaient étrangers. J'avais beau l'aimer et la respecter, il y avait un monde entre nous, dû notamment au décalage d'âge plus important que la norme. En somme, elle se retournait douloureusement sur le passé tandis que tout mon être était tendu vers l'avenir. Je regrette pourtant de ne pas avoir assez discuté et passé de temps avec celle qui avait bravé tant de tempêtes la tête haute. Je voyais les tonnes de médicaments qu'elle absorbait et les psychiatres qu'elle consultait comme un aveu de faiblesse, non comme une envie enragée de faire le deuil de mon père. Je réalise maintenant combien maman était énergique et optimiste, et pourquoi certains mauvais esprits la considéraient comme la femme à abattre. Ils étaient probablement jaloux de la façon dont Jeanne avait réussi à survivre et à revivre après tous les désastres de sa vie.

L'année de terminale ressembla à la précédente, un brin de liberté et quelques escapades en plus. Je finis toutefois par fuir davantage la maison des Gressets qui croulait sous la poussière des travaux. Ça n'en finissait pas. La bétonneuse ne quittait plus le jardin, et les marteaux-piqueurs attaquaient la façade pour doubler le volume du salon, au demeurant microscopique. Le dernier étage sous les toits allait être transformé en appartement indépendant. Jeanne prévoyait de m'y installer quand je serais étudiante. En attendant, j'avais réussi à obtenir trois choses, mais je suppose que c'était dû à notre situation familiale monoparentale très particulière : un lit double où elle me laissait faire des grasses matinées tous les week-ends au grand dam de tante Simone qui s'invitait parfois à déjeuner après la messe, une télévision dans ma chambre où je regardais *Dallas* et *Starsky & Hutch* avec orgueil, et ma propre ligne téléphonique. Depuis la mort de papa, elle ne pouvait rien me refuser. Je devenais adulte. Je finis même par préparer nos repas, lassée des plats surgelés, et me lançai dans des salades composées de mon invention où j'intégrais tout ce que je trouvais dans le réfrigérateur et au fond des placards. Maman continuait pourtant à se nourrir de fromage blanc périmé additionné de müesli, et le matin, à boire du café au lait dont le fumet me renversait le cœur au point de déserter la cuisine. Le verdict allait bientôt tomber.

Ma scolarité s'acheva par un baccalauréat obtenu au raz des pâquerettes malgré des résultats annuels qui supposaient que je décroche une mention. Jeanne rêvait que j'entre à Sciences Po, comme ma sœur Sophie aurait dû le faire en 1968. J'avais d'autres plans. Je voulais juste être moi. La sœur de personne.

Chapitre 15

Au désespoir de maman, je pris le parti d'intégrer une école de commerce récente située sur les Champs Élysées dans laquelle je me rendis, fière comme Artaban, dès le mois d'octobre. L'Institut Européen des Affaires ne tint pas les promesses de sa jolie plaquette, mais j'y fis la rencontre de celui qui allait me retenir à la vie quelques années plus tard : Cyrille.

Versailles était déjà loin derrière, même si j'y conservais mes meilleures amies. J'étais ivre de joie, la vie s'étalait devant moi comme un océan de nouveautés, d'opportunités et de rencontres. Je n'avais peur de rien et fonçais tête baissée au hasard et sans rien calculer, me laissais porter par mon intuition et mes envies du moment. À l'époque, aucune anxiété ne m'assaillait. Le système de défense mis en place à l'adolescence n'était pas encore grippé. J'étais étanche à toute émotion néfaste ou intrusive et ne percevais que ce qui pouvait me réjouir ou m'apporter quelque chose. Le reste était balayé d'un revers de l'esprit tout entier dirigé vers le beau, le bon, le bien et l'agréable. J'avais trop souffert jeune pour m'encombrer de broutilles. Tandis que les camarades de mon âge se polluaient l'existence à coup de mille et un problèmes insignifiants à mon sens, j'avançais sur mon chemin sans plus me retourner ni m'arrêter.

Quatre jours après mes dix-huit ans, j'empochai mon permis de conduire que j'associai immédiatement à un permis de partir et d'être libre comme l'air. Depuis ce jour et jusqu'à très récemment, je montais en voiture comme on enfourche un pur-sang arabe, en route vers le bonheur tant imaginé et attendu, comme pour reprendre mon enfance volée, gâchée par les histoires sordides. Avec fougue, avec entrain. Une conduite acérée, précise, rapide, concentrée vers l'objectif à atteindre. Je n'ai d'ailleurs jamais aimé confier le volant aux autres, même très proches, sauf peut-être à mon vieil ami Jérôme, plus fou de voitures que moi.

C'est avec Cyrille que je quittai l'IEA au printemps pour tester le monde du travail pendant six mois avant de reprendre des études plus prometteuses. Ainsi je fis escale chez Louis Dreyfus, l'ancienne société de papa chez laquelle maman m'avait décroché un contrat à durée déterminée. Je remplaçai l'assistante du directeur du personnel, perçai les secrets de l'informatique de l'époque, et m'appliquai tant à la tâche qu'on m'offrit un poste à durée indéterminée, que je déclinai poliment. Je n'avais encore aucune aspiration pour un métier quelconque mais sus d'emblée qu'il me serait impensable de passer le restant de mes jours coincée entre quatre murs de neuf heures du matin à six heures de l'après-midi du lundi au vendredi.

Au même moment, les travaux s'achevèrent enfin aux Gressets. Et ce qui devait arriver arriva. Maman me proposa de m'installer au deuxième étage. Je répondis que non, je n'en avais vraiment aucune envie. C'était Paris que je voulais, l'indépendance totale. Mon petit doigt me suggérait de prendre mon envol, de déserter le nid. De quitter celle que j'aimais le plus au monde. De l'abandonner en somme. Ai-je été guidée par mon intuition ou par le souhait naturel que tout être a de mener sa propre barque ? Or Jeanne m'avait élevée très intelligemment, sans mettre les barrières rigides que tant de parents dressent méticuleusement autour de leurs enfants adolescents de peur d'en perdre le contrôle et que j'aurais eues à cœur de renverser. Elle me laissait sortir, inviter des amis, faire mes expériences, partir en week-end à ma guise du moment que c'était raisonnable et qu'elle savait où j'étais et quand il était prévu que je rentre. Elle accueillait mes petits amis comme des princes charmants, simplement parce que je les avais choisis, m'avait offert une petite voiture d'occasion pour ma majorité. Elle me laissait forger ma vie et les armes qui vont de pair, depuis le plus jeune âge, plus consciente que les autres par tant d'épreuves traversées qu'on ne laisse pas un enfant partir comme ça sans aucune protection. Et là, encore une fois, elle accepta mon choix, sans aucun jugement. Elle me témoignait sans relâche sa confiance, sa générosité et son amour inconditionnel, qui m'ont portée pendant tant d'années, même quand elle n'était plus là.

Je dus malgré tout aller convaincre seule le locataire du studio parisien de papa. Un musicien martiniquais plutôt sympa. Un samedi, je rassemblai mon courage et toquai à sa porte, sans prévenir. Surpris de me voir, il m'invita à entrer, et je lui demandai de but en blanc de quitter les lieux car je souhaitais m'y installer pour poursuivre mes études à l'Institut d'Art de la rue Michelet qui n'était pas très loin. Je n'ai jamais été très diplomate, mais là je dois avouer que je touchai le fond. Je fus mise à la porte dans la minute, toute penaude.

Jeanne intervint quelques jours plus tard et rattrapa mon manque de tact à coup de grandes palabres de veuve éplorée dont elle seule avait le secret. Et c'est la veille de mes dix-neuf ans que j'emménageai rue du Pot de Fer. Sans savoir que maman avait déjà commencé à sombrer en eaux profondes.

Chapitre 16

Une nuit que je dormais aux Gressets, j'entendis du bruit dans la salle de bains de l'autre côté du couloir. J'étais seule avec Jeanne et il devait être trois ou quatre heures du matin. Avec son œil aveugle, elle se cognait souvent dans les portes de placards laissées ouvertes ou les coins des meubles en hauteur. C'est ce qui dut se produire, car un poids tomba sur la moquette. Quelques minutes plus tard, des pas se dirigèrent vers la cuisine et le son de quelqu'un qui s'active parvint jusqu'à moi. Je ne me levai que beaucoup plus tard, lorsqu'il n'y eut plus de bruit. Et retrouvai ma mère allongée sur le lit de la petite chambre sur rue, à moitié nue, parlant une langue inconnue ressemblant à du latin à l'envers, de la salive coulant de sa bouche. Elle était à moitié inconsciente et j'eus tellement peur que je retournai me coucher sous ma couette sans pouvoir fermer l'œil jusqu'au lendemain.

Des anecdotes du même style, je pourrais vous en conter des dizaines. Depuis l'Italie, maman se bourrait de médicaments, somnifères, anxiolytiques et antidépresseurs, dont je n'avais pas connaissance, mais que j'ai toujours eus en horreur pour en avoir constaté certains effets secondaires effrayants. En 1989 en tout cas, il était clair que Jeanne allait à nouveau très mal. Et sans le vouloir, je n'allais pas l'aider à guérir. Elle approchait des soixante-dix ans, m'avait transmis tout ce qu'elle pouvait même si je n'en avais retenu et appliqué qu'une partie, m'avait donné toutes ses forces et son énergie farouche pour me lancer dans l'existence. Et n'y était pas parvenue comme elle l'aurait voulu. Surtout après ce qui allait survenir au printemps.

À la suite de mon emménagement, un nouveau rythme s'instaura. La semaine, entre la rue du Pot de Fer et la rue Michelet. Le week-end, entre Paris où nous nous gavions de séances de cinéma, de soirées dans les caves du 5e et de visites de musées ou d'expositions, et les Gressets où j'allais voir maman et lui cuisinais des petits plats plus équilibrés que ce qu'elle avait l'habitude d'avaler à la hâte au-dessus d'un recueil de poésie ou d'un livre d'histoire. Elle continuait de se charger des courses en me demandant toujours ce que je désirais qu'elle achète. Jeanne subvenait à tous mes besoins et mes factures parisiennes, terrorisée à l'idée que je réclame l'héritage de papa et en fasse mauvais usage. Cyrille venait de temps en temps à La Celle-Saint-Cloud, et nous allions aussi parfois ensemble près de Lyon en TGV voir ses parents qui tenaient une table réputée.

Cette vie-là me plaisait en apparence. Je l'avais soigneusement organisée. Pourtant j'eus affaire à quelques troubles mineurs. À chaque fois que je devais quitter l'appartement pour rejoindre la fac, j'étais en prise avec des maux de ventre. Ça ressemblait un peu aux paniques des étudiants qui vont passer un examen important, ce dont je n'avais jamais fait l'expérience. Le médecin me conseilla de courir au moins vingt minutes par semaine, ce que je ne fis que quelques fois.

En effet, tout au fond de moi, je savais que quelque chose clochait, résonnait mal. Ma vie prenait un tournant trop sérieux, trop adulte. J'estimais avoir droit, ou besoin, de rigoler et de faire la folle encore quelques années, pourtant je m'enfermais volontairement, et me sentais moins libre dans cette vie-là que dans la précédente. Je n'assumais pas vraiment mes choix, dirais-je aujourd'hui, mais il m'était difficile de revenir en arrière. Or, un événement me permit de détruire ce que j'avais construit de travers.

Cyrille avait emménagé rue du Pot de Fer car ne nous quittant pour ainsi dire jamais, nous avions décrété inutile et ridicule qu'il paye un loyer pour finir presque à chaque fois chez moi. Je lui avais donc fait de la place dans mes placards pour ses affaires. Notre train-train journalier suivait son cours. J'avais maman au téléphone tous les jours. Ce calme olympien fut interrompu net par mon ancien amoureux de Cannes qui sonna un jour chez moi, sans s'annoncer au préalable. Cela faisait quatre ans que je ne l'avais pas vu ni n'avais eu de ses nouvelles. Nous avions été séparés par mille kilomètres, et nos chemins avaient fait de même. Sur un coup de tête, j'eus soudain envie d'aller au bout de cette histoire-là qui avait été si spontanée dans ma courte existence. Et envoyai tout balader, sans me soucier des conséquences de mes actes. On ne m'avait pas fait de cadeaux, je me vengeais inconsciemment.

Je fis les valises de Cyrille malgré les supplications de sa mère. Il emménagea non loin. Et aux vacances de Pâques 89, j'étais à Cannes, organisant déjà mon été avec celui qui avait été mon premier amour. Maman ne résista pas à un tel choc et fit une cure de sommeil dans le Sud où je pus lui rendre visite. J'allai même jusqu'à lui annoncer que nous allions nous fiancer pour lui montrer à quel point c'était sérieux. Tout ce qu'elle avait essayé de construire pour moi et ma vie future partait en lambeaux, brisé par mes caprices et mes projets fous de jeune adulte qui avait perdu la raison. Je ressentais pourtant autre chose et continuais à me faire confiance à moi-même, à suivre mon intuition. Je voulais vivre et non pas exister, quel qu'en fût le prix.

L'été suivant, j'arpentai donc les routes du Portugal jusqu'en Algarve où nous atterrîmes dans une petite location surplombant le golfe de Cadiz. Nous jouions aux grandes personnes, mais j'eus rapidement la certitude que ça n'allait pas coller non plus. Je le savais déjà au plus profond de moi mais voulais en avoir la preuve tangible. L'histoire fut bouclée en deux coups de cuillères à pot. Je lui demandai de me ramener à Cannes avant l'heure d'où je repris un train pour

Paris, heureuse d'annoncer à ma mère que cette aventure était définitivement terminée. Mais le mal était fait.

Je fis mon entrée en seconde année d'Histoire de l'Art, et retrouvai peu à peu Cyrille et mes amis de cours. Il me pardonna lentement et nous reprîmes notre rythme d'avant, moi rue du Pot de Fer, lui à quelques encablures. Les Gressets et Lyon furent investis plus souvent, et je vis maman s'enfoncer dans une nouvelle déprime. Elle sortait de moins en moins de la maison et enchaînait les problèmes de santé. Elle finit même par se faire livrer les repas de la mairie dans son lit. Les mauvaises langues soutenaient qu'elle était hystérique, hypocondriaque. J'essayais avec les moyens du bord de la rassurer, de lui faire plaisir, mais ses forces l'avaient déjà quittée. Mes bons résultats à la Sorbonne lui arrachaient tout juste un sourire. Elle avait renoncé à élaborer des plans à ma place. Je n'avais fait que les saper, lui montrant bien que je voulais choisir ma route et ses méandres toute seule, sans aide et sans conseil. J'avais bien fait de m'entraîner. La solitude allait bientôt me frapper de plein fouet.

Chapitre 17

Un jour de mai 90, en pleine guerre du Golfe, maman me téléphona depuis l'hôpital de Saint Cloud. Elle y avait été emmenée d'urgence, en ambulance, pour une péritonite aiguë. Tout allait bien, je ne devais pas m'inquiéter. Je filai à son chevet, qui fut rapidement transféré à l'hôpital Foch de Suresnes. Puis il fut décrété que la clinique de l'Europe à Marly-le-Roi prendrait le relais. Elle en avait pour quelques jours ou semaines, on allait voir.

Cyrille ne me quittait pas d'une semelle. Comme un frère. Nous passions tous les week-ends aux Gressets pour aller voir Jeanne plus facilement, entretenir la maison et le jardin. Ses parents, qu'elle avait rencontrés quelques mois auparavant et qui l'avaient invitée dans un grand restaurant versaillais – dîner succulent qu'elle avait vomi sitôt rentrée à la maison – lui rendirent visite. Elle leur demanda de veiller sur moi comme si j'étais leur fille. Ils le lui promirent. Maman respectait mes choix avec amour, comme toujours. Je ne la remercierai jamais assez.

Autour de la mi-juin, je vins la voir seule. Elle m'annonça à demi-mot qu'elle souffrait d'un cancer, mais se garda de m'avouer qu'il était généralisé. Elle allait s'en sortir, en avait vu d'autres, n'allait pas se laisser démolir. Tandis qu'elle me parlait, je ne voyais plus son visage aux yeux clairs mais une tête de mort, un squelette. Je sus à cet instant que Jeanne, l'invincible, Jeanne mon soleil, mon guide, mon pilier, ma sentinelle, allait quitter ce monde dont elle avait toujours été l'héroïne principale. Elle me persuada qu'elle allait se battre, pour moi, pour nous, parce que j'étais trop jeune. J'y crus dur comme fer. Elle y était toujours parvenue. Je lui demandai tout de même de repousser mon voyage en Grèce, mais elle ne voulut rien entendre. Je le décalerais sans lui en parler. Ce jour-là, je repartis au volant de ma voiture en sanglots, déjà perdue sans elle. Les barrages émotifs que j'avais élevés au fil des ans se fendaient d'un seul coup sans que je ne puisse rien faire pour colmater les brèches. L'abandon me rattrapait pour m'engloutir. Jeanne, que j'avais crue toute puissante et éternelle, allait partir, me laisser là, sur le trottoir, comme une poubelle malodorante, comme un vulgaire déchet. L'amour indestructible dont elle me couvrait allait disparaître avec elle, celui qui m'avait ressuscitée, celui qui m'avait construite, moi et mon armure. L'orpheline, la petite fille abandonnée allait renaître de ses cendres. Ce n'était plus qu'une question de jours.

Les membres de la famille proche se relayèrent auprès de son lit. Tous ses neveux chéris, mes oncles et tantes, ma marraine, ses amies aussi. Ça faisait des mois, des années que Jeanne avait déclenché tous les signaux de détresse de quelqu'un de malade, mais on attribuait ça à une dépression nerveuse devenue chronique. Les métastases l'étouffaient, l'empêchaient de garder la nourriture, et avaient fini par envahir son cerveau. Elle ne supportait pas les traitements de chimiothérapie ni de radiothérapie. On lui avait ouvert le ventre pour le refermer aussitôt. Les médecins savaient depuis belle lurette que c'était la fin, mais personne ne me le disait à moi, sa fille. J'avais dû le deviner toute seule.

Un jour que je me tenais auprès d'elle, à écouter ses instructions pour les papiers, la banque et les procurations qu'elle n'arrivait plus à signer que d'un gribouillis illisible, le médecin entra à l'improviste. Elle dut oublier ma présence car elle lui attrapa le bras, accrocha son regard et le supplia de l'achever. Mot pour mot. Rapidement, maintenant, tout de suite. Elle souffrait trop, n'en pouvait plus. La morphine ne faisait plus assez d'effet.

Deux jours plus tard, on avait sanglé maman à son lit roulant, car dans la nuit, elle s'était levée et avait arraché la plupart des tuyaux qui la maintenaient en vie pour se rendre dans son cabinet de toilette, à demi consciente.

Les trois derniers jours filèrent en une fraction de seconde. Comme tout ce qu'on veut retenir, qu'on ne veut pas laisser échapper, partir en fumée. Je ne la quittais plus que pour prendre une douche et aller dormir aux Gressets, mes cours de fac étant terminés. Cyrille restait à mes côtés, me conduisait, m'obligeait à avaler quelque chose de temps en temps, gérait la maintenance. J'avais perdu l'appétit, m'accrochais à ma mère déraisonnablement. À la maison, le chat – celui que nous avions recueilli en Italie et jamais vacciné – avait bizarrement disparu. Maman confondait tous les mots, n'arrivait quasiment plus à parler, percluse de douleur. Tout était détraqué en elle, à l'intérieur, même si je sentais son amour maternel déferler sur moi encore par vagues intenses, mais de plus en plus brèves et désordonnées, par un regard que la peur de mourir voilait, par une main froide tendue vers moi au-dessus du drap blanc, par une agitation subite ou un rictus qui se voulait un sourire. Un sursaut de colère la fit se redresser lorsqu'un prêtre vint lui faire la seconde extrême-onction de sa vie. Elle voulut le renvoyer, furieuse d'être ainsi condamnée, se souvenant qu'autour de l'âge de quinze ans, elle y avait survécu.

J'imagine que c'est dans ces eaux-là que Jeanne s'est confiée à ma marraine et lui a révélé l'identité de ma « vraie » mère. Comme si elle voulait passer le flambeau, après m'avoir gardée toute entière bien au chaud contre elle. Comme si elle savait que le vide de mère allait forcément ressurgir lorsqu'elle, la gardienne suprême, allait rendre l'âme. Mais cette information de la plus haute importance n'arriverait jusqu'à moi que de longues années plus tard et me ferait croire que Jeanne savait d'où je venais et connaissait intimement ma famille d'origine. Quoi qu'il en soit, maman voulait lever le secret invivable qui entourait mon adoption. Elle avait donc conscience du gouffre sur lequel reposait mon existence et pensait qu'une fois qu'elle aurait disparu de la surface terrestre, je chercherais à savoir d'où je venais comme tout être normalement constitué. En quoi elle eut finalement tort, du moins un temps.

Chapitre 18

Le mardi 28 juin 1990 aux aurores, la sonnerie du téléphone retentit dans les Gressets endormis. C'était l'un des deux frères de maman, l'artiste peintre, pas celui qui avait abandonné sa femme et ses enfants et dont maman avait condamné les agissements. Il m'annonça ce que je ne pouvais pas entendre. Et mon barrage intérieur céda.

J'étais vidée, amputée. Comme à l'aube de ma vie. Elle me sembla soudain inutile. Je ne pouvais pas vivre pour moi. Tout ce que je faisais, au fond, c'était pour elle, pour qu'elle me regarde, sourie, soit heureuse, acquiesce, comme un cadeau de fête des mères renouvelé au jour le jour, même si avec l'adolescence et l'âge adulte, ce mécanisme s'était lentement mué en une construction personnelle et le regard de maman en des coups de téléphone quotidiens, même si je n'en avais fait qu'à ma tête à plusieurs reprises et avais tenté de tracer mon destin, j'avais toujours su qu'elle seule avait raison, qu'elle seule détenait la sagesse dont je n'avais pas fait preuve, qu'elle seule connaissait la voie à suivre. Ma vie, durant vingt ans, avait été une longue promenade à travers des champs fleuris, des forêts sombres, des pistes enneigées et des plages désertes. Jeanne n'avait jamais lâché ma petite main, avait toujours été là pour veiller sur moi, pour que je ne me perde pas en chemin. Moi seule avais décidé de me risquer à quelques hors pistes, mais j'étais toujours revenue auprès d'elle. Cette fois, maman avait renoncé à la promenade. Je devais la poursuivre toute seule ou lâcher la partie.

Il faisait à peine jour sur la route vers Marly. J'entrai dans la chambre et la vis. Je lui touchai un pied. Enflé comme un ballon de baudruche et glacé. D'un seul coup, elle sembla bouger. Je courus aussitôt dans le couloir pour leur dire à tous, à mon oncle et ma tante, à l'équipe médicale, qu'ils s'étaient trompés, qu'elle n'était pas morte. C'était une erreur. On me calma, on me consola. Je revins auprès d'elle, lui parlai, lui demandai pardon surtout, d'avoir été si infernale, de lui avoir fait si mal, souvent, si souvent. Sa tête ressemblait à un œuf de Pâques, entourée par un bandage blanc avec un petit nœud sous le menton pour retenir la mâchoire. Elle était déjà bleue.

Je devins un automate, à faire ce qu'il fallait, ce qu'on me dictait, des papiers, des chèques, des choix. Quel cercueil, en quelle essence de bois, quelle tenue – je choisis la robe que j'aimais le plus, blanche et bleue, aux manches trois-quarts façon Jackie Kennedy –, quelle date. Tout le monde m'aidait, je n'étais plus vraiment là, je répondais machinalement, tandis que je revivais ces vingt années avec maman, essayant d'imprimer tout ce qu'elle m'avait confié, montré, raconté, avoué. Cette femme si intelligente, qui avait su m'élever seule et me guider, sans jamais m'obliger. Cette force de la nature qui avait réussi à me dompter, moi, le bébé fauve abandonné et rempli d'une rage incontrôlable. Moi, le vilain petit canard, qu'elle avait su aider à devenir une jeune femme à la cuirasse d'acier.

On l'enterra à Lorgues à côté de sa fille aînée et de son mari adorés. Son autre frère, celui qu'elle ne voyait plus, se déplaça. Ce fut la dernière fois que je le vis. Il fallait rester digne mais je n'y parvins pas. Ma chère Dina nous ouvrit ses portes pour le déjeuner. On parla de maman. Je n'écoutais pas, persuadée qu'ils ne la connaissaient pas aussi bien que moi, sa petite fille qui avait partagé ses dernières années, qui l'avait sauvée après la mort de Sophie et le départ d'Arnoux.

La nuit, je fis le même cauchemar pendant longtemps. Jeanne sortait de sa tombe en riant comme une folle, toute nue, les doigts crochus et les ongles noirs et longs, ses cheveux blonds, presque blancs, en bataille. Elle s'asseyait sur la pierre tombale et gobait un œuf dur pourri. Quand le jour se levait enfin, j'étais finalement soulagée de la savoir disparue tant elle m'avait effrayée. J'avais besoin de me convaincre que sa mort était une bonne chose. Mon cerveau y travaillait. Il fallait bien que je survive d'une façon ou d'une autre.

En rentrant aux Gressets, on retrouva la chatte coincée dans le plafond du dernier étage. Elle avait perdu beaucoup de poids, mais allait survivre quelques mois. Elle avait compris que Jeanne était partie et ne reviendrait pas à la maison. Jamais.

Deuxième partie

Sans Jeanne

« Une personne sur cent autour de nous est née sous X, sans fondement, sans racine, amputée de sa propre histoire. Ces êtres humains ont été privés de leurs droits les plus fondamentaux le jour où ils sont venus au monde. Ils n'ont jamais été libres, ils n'ont jamais été les égaux de leurs condisciples. Ils ont dû se construire sur des différences là où la majorité s'appuie sur des ressemblances. »

Patricia Fagué, *Né sous X, Enquête sur l'abandon*

« La filiation, c'est l'inscription dans une histoire, l'enracinement dans un passé et la projection dans un avenir qui permet seul de dépasser l'angoisse de la mort. »

Pierre Verdier et Michel Soulé, *Le secret sur les origines*

Vingt-quatre ans plus tard, Singapour, mardi 30 septembre 2014, dans un appart-hôtel du centre

Il fait chaud, très chaud, trop chaud ici. J'étouffe malgré la climatisation. Mon portable vient de sonner. Je n'ai pas décroché. Un appel de France. Tout le monde, pourtant, sait que je suis partie. Je vérifie mes emails et là, je comprends.

« Objet : Dossier CNAOP 13AO-091-147-13.205
Je n'arrive pas à vous joindre aux numéros de téléphone que vous m'avez communiqués.
J'aurais besoin de vous parler, car j'ai du nouveau dans votre dossier. Pouvez-vous m'appeler dès que vous le pourrez au 01 40 56 76 55 ?
Merci beaucoup,
Catherine L.
Chargée de mission
Conseil National pour l'Accès aux Origines Personnelles »

Je réponds que oui, bien sûr, elle peut me téléphoner, même à l'autre bout de la planète. Je la préviens que ça va coûter cher, mais l'État français ne recule devant aucun sacrifice pour ses pupilles, n'est-ce pas ? Ça sonne, je n'arrive pas à retenir mes tremblements mais essaie de garder une voix ferme et sûre de moi.

« Allô ?

– Bonjour c'est Catherine L.

– Ah oui bonjour, c'est gentil de me rappeler. Désolée, je n'ai pas pris votre appel tout à l'heure, mais si j'avais su…

– Je vous en prie. Alors, comme je vous l'ai écrit dans mon email, il y a du nouveau dans votre dossier.

– Ah c'est vrai ?!...

– Oui. Nous pensons avoir retrouvé la trace de votre mère de naissance.

– Ah c'est pas vrai…

– Si si. Grâce aux éléments que vous nous avez donnés, nous avons pu remonter l'une des pistes et avons de bonnes raisons de croire qu'il s'agit bien d'elle.

– …

– Je vous appelle donc aujourd'hui pour savoir si vous souhaitez toujours que l'on contacte celle que l'on pense être votre mère d'origine.

– Évidemment ! Mais… vous ne l'avez pas fait ?

– Ah non. Certaines personnes changent d'avis vous savez.

– Mais pas moi. Allez-y !

– D'accord, merci. Nous allons donc contacter cette femme et reviendrons vers vous dès que possible.

– D'accord. J'attends de vos nouvelles, alors. Merci, merci beaucoup. Au revoir. »

Je raccroche et m'assieds. Madeleine Vincente a ressurgi sans prévenir là où je l'attendais le moins. Je n'ai même pas demandé quelle piste ils ont suivie pour aboutir à ma mère. Je suis perdue. Épuisée. Assaillie d'émotions contradictoires d'une violence inimaginable. Demain peut-être je saurai qui elle est, d'où je viens. C'est trop d'un coup. J'ai peur. J'ai chaud. J'ai froid. Je dois me ressaisir. Dans deux mois, j'aurai quarante-cinq ans. Et je connaîtrai peut-être ma vraie mère. Quel âge a-t-elle d'ailleurs ? est-ce que j'ai des demi-frères ou sœurs ? Elle me dira qui est mon père aussi. Ne pas trop espérer. Si ça se trouve, elle ne voudra pas qu'on se rencontre mais acceptera de me parler au téléphone. Est-ce qu'elle répondra à mes questions au moins ? J'en ai tellement ! C'est dingue.

Il faut que j'appelle Marc, que je lui dise. Que je partage. C'est trop lourd. C'est trop beau. Ça m'enivre et ça me terrorise. J'ai peur.

Chapitre 19

Paris, 1990

La peur n'a pas envahi mon être, loin de là. Je dirais même le contraire. J'étais anesthésiée, comme vaccinée contre les émotions. Rien de plus grave que la perte de maman ne pouvait m'arriver. Je ne me souciais plus d'aucun danger car j'estimais ne plus compter pour personne. Juste un peu pour Cyrille. Vingt ans de suite, j'avais été un élément vital, central, sine qua non, pour Jeanne. Ce n'était plus le cas. Je n'étais plus qu'une orpheline esseulée.

Il y a seulement trois ans, j'ai appris que mes parents avaient souhaité adopter un garçon qui serait devenu mon petit frère. Ils avaient alors investi le Canada, par l'entremise de l'œuvre d'adoption qui avait été la mienne. Ils le voulaient grand de taille, à leur image, pour ne pas qu'il souffre trop de la différence physique. C'est important pour un garçon adopté j'imagine, lorsqu'il se compare à son père. Mais comment savoir si un bébé va rester microscopique, comme moi, ou au contraire se développer tel un géant, lorsqu'on ne connaît pas ses origines ? Même en se basant sur la stature de naissance, les pronostics peuvent se révéler hasardeux. Donc oui, j'aurais aimé pouvoir m'appuyer sur un « grand petit frère », à l'époque. C'est évident. J'aurais aimé partager cette souffrance extrême que représente le fait de redescendre au sous-sol de l'existence, lorsque rien n'est écrit si ce n'est qu'on est orphelin, que personne ne nous a voulu, ni reconnu, que celle qui nous a porté n'a même pas daigné ou eu le droit de signer un acte d'abandon en bonne et due forme, et qu'on est condamné à errer toute notre vie car on ne sait rien de l'essentiel.

J'avais alors le choix entre m'effondrer complètement, me laisser mourir, ou survivre et tenter, malgré tout, d'être heureuse. La première chose qui m'est venue à l'esprit était de tourner en force ma plus grande faiblesse. La solitude affective dans laquelle j'étais projetée telle une pierre au fond d'un lac devait devenir une alliée. Qu'à cela ne tienne ! Mon esprit s'entraînait à modifier la perception des choses. La solitude est ainsi devenue liberté.

Mes parents avaient tout planifié pour m'y aider, je le compris rapidement. D'ailleurs pourquoi adopter un enfant si ce n'est pour transmettre à un héritier ce que l'on a construit, accumulé, aimé pendant toute une vie. Bien sûr il y avait de l'argent, le fruit du travail incessant de mon père, mais surtout il me restait des murs remplis d'âme, ceux des Gressets et du Pot de Fer, un jardin à entretenir, un terrain à Lorgues – maman avait vendu la maison l'année précédente pour financer la fin des travaux –, des souvenirs, des façons de faire, des manières de voir les choses, des tonnes de photos et des milliers de papiers. J'étais désormais seule dépositaire du patrimoine d'une famille qui avait été normale du temps de Sophie, même si elle avait été bancale avec moi.

J'ai fait le tri de toutes les affaires de Jeanne, soigneusement, méthodiquement, presque religieusement. J'ai conservé tout ce dont elle m'avait conté l'histoire – des bibelots surtout, comme un trio de souris en bois ou une paire de chevaux orange – mais donné tous ses vêtements à l'exception de certaines tenues que j'adorais la voir porter, incapable de m'en séparer, pour que flotte encore un peu son odeur si j'en ressentais le besoin.

Et puis, évidemment, j'ai eu accès, pour la première fois, à des kilos de documents confidentiels que maman conservait dans des pochettes diverses et variées ou dans des boîtes en métal dissimulées dans la cachette située derrière son grand lit. Je n'ai pas pu tout lire d'une traite, tant la correspondance de Jeanne était abondante, mais suis tombée sur les papiers jaunis, presque parcheminés, qui concernaient mon jugement d'adoption. Un coup de tampon indiquant « Grosse[1] » était apposé sur la première page. J'ai cru

---

[1] Grosse est ici un terme juridique. Une grosse d'un jugement civil est la copie exécutoire de la décision (arrêt, jugement ou ordonnance) délivrée par le greffe aux parties de la procédure.

naïvement que cet adjectif qualifiait le mot « Affaire », inscrit juste à côté. J'ai donc cru, ce jour-là, avoir fait l'objet d'une « grosse affaire ». Pas d'une moyenne, pas d'une petite, mais d'une grosse. Une bouffée d'orgueil m'a envahie.

C'est là encore que j'ai découvert mes prénoms d'origine, dont maman ne m'avait jamais parlé avant, sans doute parce qu'elle ne les avait pas choisis elle-même, ou parce qu'elle ne voulait pas semer la confusion dans mon esprit. Madeleine Andrée Vincente. Je ne me lassais pas de les relire. Ils n'étaient pas allés chercher bien loin celui du milieu puisque André est le saint de la journée du 30 novembre. Mais d'où venaient les autres ? J'ai imaginé que Madeleine devait être mon prénom officiel, celui que les dames de l'œuvre d'adoption avaient utilisé pour me désigner ou m'appeler. Quant à Vincente, j'ai cru bêtement qu'il s'agissait du nom de famille de ma mère biologique, et donc que j'étais d'origine espagnole ou éventuellement italienne.

À l'époque, j'ignorais tout de la naissance sous X, quels en étaient les codes, le fonctionnement, les lois, les secrets de l'époque. Je ne savais donc pas que la personne chargée de déclarer la naissance de ces enfants esseulés devait juste leur attribuer trois prénoms. Au hasard, ou avec ce qui leur traversait l'esprit à ce moment-là. Vincente n'était par conséquent pas un nom de famille comme je le pensais, mais juste un prénom choisi parmi tant d'autres. J'avoue que cette découverte m'a bouleversée. D'un seul coup, alors que nous n'avions plus évoqué mon adoption depuis des lustres, je retombais sur ce manque d'histoire, ce creux, ce vide sur lequel j'étais supposée me construire. Mon petit édifice s'effondrait tandis que je reprenais conscience que je ne savais pas d'où je venais. Et c'était bien plus difficile à supporter qu'avant, car Jeanne n'était plus là pour m'aimer et m'orienter. J'avais besoin de réponses, de connaître mes racines, de remonter le fil du temps pour découvrir dans quelles circonstances exactes j'avais été abandonnée. Sauf que là, à ce moment précis, ce projet représentait un Everest infranchissable. Le tunnel du deuil attendait que je m'y engouffre car nul autre chemin n'était possible. Je devais garder toutes les forces qu'il me restait pour affronter, apprivoiser et vaincre une solitude absolue jusqu'alors inconnue. Ce n'était pas la bonne séquence pour partir à la recherche de ce passé étouffé, enfoui sous le sceau du secret.

Alors j'ai rangé les dossiers, fermé les cartons et tout remisé dans la cachette de Jeanne, avec soin, derrière son lit, pour plus tard, un jour, quand j'aurais l'énergie, l'envie ou le besoin d'y revenir. En me disant que je venais probablement des pays du soleil, du Sud de mon enfance, même si j'étais née près de Paris, à Brunoy.

Les jours suivants, j'ai dû me rendre chez le notaire. Moi qui n'avais jamais eu grand-chose en poche, qui avais été élevée à la dure et rarement porté des vêtements neufs, qui avais contemplé ma mère faire des économies incessantes et compter les bouts de chandelle toute sa vie, qui savais à peine ce qu'était un restaurant avant l'âge de quatorze ans, j'étais stupéfiée. On m'indiqua que si je poursuivais mes études supérieures, je pouvais bénéficier de la pension de réversion de papa jusqu'à l'âge de vingt-cinq ans. On m'informa qu'il fallait régler les droits de succession mais que j'avais la chance inouïe de ne pas devoir vendre la maison pour ce faire car il restait assez de liquidités en banque. J'ai presque cru qu'on m'expliquait que j'avais de la chance d'avoir perdu mes parents, ma mère en l'occurrence. On ne se souciait pas de connaître mes états d'âme face au désarroi dans lequel j'étais plongée, que ce soit là dans ce bureau notarial rempli de dossiers ou dehors, dans la rue, ou même chez moi. On s'imaginait à ma place que l'argent remplace l'amour, on se disait que j'allais m'en sortir grâce à ce qu'on m'avait laissé. Que la pilule passerait mieux et plus vite. À vingt ans, je faisais l'expérience déroutante de l'héritage et me rendais bien compte que la jalousie rongeait certaines personnes qui, du concept de l'abandon, ne connaissaient strictement rien.

Alors oui, j'aurais pu faire n'importe quoi. Personne ne m'en aurait tenu rigueur ni empêchée d'ailleurs puisque j'étais dans un désert aride. J'aurais pu dilapider ce qu'Arnoux et Jeanne m'avaient légué. Tout vendre et partir à Tombouctou, Las Vegas ou sur une île paumée de l'Océan Indien, à l'aventure. Eh bien non, figurez-vous. Je suis restée là, avec en tête de tout laisser tel quel, de respecter jour pour jour le planning préétabli de l'été organisé par Jeanne, avec la fac qui m'attendait au bout, avec Cyrille qui me soutenait comme il le pouvait. Je n'ai rien changé, rien touché, rien bougé, comme un expert lorsqu'il pénètre sur les lieux d'un crime.

Tout ce que j'ai fait, c'est troquer la voiture de maman et la mienne contre une autre, presque neuve, qui roulait vite sans surchauffer et menacer de tomber en rade sur l'autoroute. Une carapace d'un genre nouveau, en quelque sorte, toute en métal cette fois, dans laquelle j'avais le sentiment d'être en sécurité, tout en me déplaçant d'un point à un autre, pour ne pas rester plantée là, paralysée par le deuil, pour me pousser à m'envoler, à essayer de vivre libre. Pour oublier que j'étais seule.

Chapitre 20

Quelques jours plus tard, j'ai débarqué à Naxos, dans les Cyclades. J'avais promis à maman que j'irais en Grèce, quoi qu'il advînt. J'avais promis, mais me suis écroulée. Yvonne, la correspondante allemande de Sophie, et sœur de mon défunt parrain, m'attendait de pied ferme sur le quai du port. J'avais vu quelques photos d'elle, adolescente, jolie comme un cœur avec ses boucles blondes et ses taches de rousseur. Je la reconnus immédiatement. Elle m'enlaça de ses bras, comme pour me protéger, me dire qu'elle comprenait, et m'emmena chez elle dans un petit appartement en étage.

Là, je me suis mise en boule sur le lit, comme quand j'avais deux ans et que Jeanne m'avait annoncé qu'elle n'était pas ma vraie mère, et ne voulus plus en bouger. Je ne faisais que pleurer. Ma vie n'avait plus aucun sens. Alors Yvonne vint me parler. Des mots tout simples, tout doux. Elle me dit que Jeanne me regardait de là où elle était, que je devais continuer pour elle, que l'amour d'une maman ne s'éteignait jamais, qu'elle aurait voulu me voir croquer la vie à pleines dents, rire et danser, être heureuse. Que je devais lui rendre hommage. Alors je me suis levée, je suis sortie, je me suis enfoncée dans la nuit et dirigée au son de la musique. En me disant que Jeanne était mon ange gardien, désormais, et j'ai senti la chaleur de son amour m'envelopper comme un grand plaid en mohair.

Le mois suivant, j'ai appliqué la même recette en Espagne, chez ma correspondante que j'avais rejointe à bord de ma voiture lancée à pleine vitesse. Je tenais le coup, mais certains jours, la triste réalité revenait me ronger à petit feu, et je pleurais de longues heures dans un coin, sans gêner ni rien dire à personne.

À la rentrée, j'ai regagné mon studio rue du Pot de Fer et repris le chemin de la fac. Il fallait bien qu'un élément reste stable. Et mon chez-moi était cet élément. J'y avais quelques routines, je connaissais les commerçants autour, les recoins du quartier Mouffetard. La seule différence, c'est que je ne pouvais plus appeler Jeanne tous les soirs. Ça sonnait dans le vide. Mais le reste du temps, je me berçais d'illusions, comme si elle n'avait pas quitté ce monde. Cyrille faisait également partie de ma stabilité intérieure et affective. C'était mon « grand petit frère », le seul avec lequel je partageais, de temps à autre, la douleur sur laquelle je peinais tant à mettre des mots. À mes yeux, il était seul à pouvoir la comprendre car il avait été là, auprès de moi, fidèle et aimant, quand le rideau était tombé.

À Noël, le premier sans Jeanne, je me suis réfugiée à la campagne chez le frère de maman et sa femme, tante Suzie. Ceux qui m'avaient prévenue, le 28 juin au matin, que Jeanne était montée au ciel. Ceux qui prenaient le relais au nom de toute la famille. Tous leurs enfants, mes cousins germains, étaient présents, la plupart accompagnés d'adorables bébés. Je me souviens avoir eu un faible pour l'une de mes nièces qui devait avoir deux ou trois ans et dont la vivacité intellectuelle et émotive sautait aux yeux. Aussitôt les photos de réveillon développées, je les avais collées dans un joli album. Ça me rassurait de me sentir entourée, reliée à des groupes, pour me donner l'illusion que je n'étais pas seule au monde.

Pourtant, bien souvent, des petites scènes insignifiantes me rappelaient mon sort – de celui qui ramenait son linge sale chez ses parents chaque samedi, à l'autre qui rejetait une invitation pour raison familiale. Je n'avais pas d'obligation, plus aucune, plus jamais, il fallait que je les crée, que je me les invente. La liberté affichait un prix exorbitant.

Ainsi, je retournais certains week-ends aux Gressets, brièvement, pour voir le chat et remplir son écuelle. J'avais du mal avec les dimanches. Tout était fermé. Les gens se rassemblaient dans leur tribu, allaient à la messe, partageaient un poulet-salade-pommes-de-terre ou un gigot d'agneau-haricots-verts, faisaient du sport ou cuisinaient des gâteaux, sortaient les jeux de société devant la cheminée, et finissaient devant un film le soir, blottis les uns contre les autres sur un canapé. C'est comme ça que je voyais les gens normaux. Je ne concevais pas qu'ils puissent se disputer ou avoir envie de faire autre chose que d'être ensemble.

Moi j'allais voir mon chat. Je l'avais laissée aux Gressets pour ne pas la déboussoler et pour qu'elle continue de chasser les mulots dans le jardin. Un jour, juste après les fêtes, je l'ai retrouvée morte sur le lino de la cuisine. À côté de celle de Jeanne, cette mort-là n'était rien, non, même si elle m'attristait beaucoup. Ce chat avait été témoin de tous les grands huit que nous avions empruntés avec maman, de nos infimes bonheurs comme de nos immenses chagrins. Je l'ai enterrée au pied d'un cèdre, au fond du jardin, pas loin du chat blanc de Sophie. Puis j'ai pris un chien. Je n'en avais jamais eu. Faustin égaya mes journées, mes soirées. Ce chiot était une attraction, un bon prétexte pour inviter des copains. Je me levais pour lui, je sortais plus souvent pour lui.

Et au printemps, sur un coup de tête, j'ai décidé de retourner vivre aux Gressets, un peu pour lui aussi. La maison ne se louait pas en meublé comme je l'avais escompté. Le chien pourrait courir comme un fou dans l'herbe.

Je crois que c'est là que j'ai commencé à reprendre de l'énergie. Non que le deuil fut passé, loin de là. Cependant, j'étais mue par une légère envie de revivre. Je n'étais plus tout à fait seule. Faustin habitait avec moi.

C'est ainsi que je me suis installée sans réfléchir dans la chambre de Jeanne, au rez-de-chaussée. C'était une évidence. Personne d'autre ne pouvait y élire domicile, alors je me suis lancée, sans redouter les souvenirs, les cauchemars et les pleurs.

Le jardin m'a aidée à revenir sur les traces de maman. Elle qui l'entretenait si bien, avec persévérance, avec ardeur aussi, elle qui pouvait se pencher longuement sur le pied d'un rosier ou sur une plate-bande à désherber, en plein soleil, sans jamais se plaindre, les cheveux dans les yeux ; je suivais son chemin, je reproduisais les gestes que je connaissais par cœur pour l'avoir vue les faire tant de fois devant moi. Faustin n'était jamais loin. Et le seul fait de le voir batifoler et être heureux me redonnait courage.

Un mois ou deux seulement venaient de passer lorsque je me suis dit que la maison était bien trop grande pour moi seule et que j'avais peut-être fait une erreur de quitter Paris. Il m'était cependant impossible de revenir en arrière. Mon studio était loué à un ami étudiant en médecine. Et c'est ainsi que j'ai appris à me dépatouiller avec la situation, à « faire avec ». La maison était vide et triste, comme moi. Il suffisait d'en ouvrir les portes pour qu'elle soit baignée de lumière et inondée de soleil. Et c'est ce que je fis.

Chapitre 21

Le bonheur d'être ensemble, de partager ce que l'on a, d'échanger des regards, des avis, de rire, de se croiser dans l'escalier, de boire et de danser, de partir ou de rentrer au même moment. Le bonheur de lâcher prise et d'oublier ce qui ne va pas, de le remettre au lendemain, car quand on y songe, il y a toujours quelque chose qui va mal. Ce bonheur-là est arrivé. Les années suivantes ont été gaies et animées. À partager ce que mes parents m'avaient laissé, leur héritage, leur maison, leur allée de seringas et les grands cèdres du Liban qui trônaient dans le jardin. À en faire profiter ceux dont je croisais la trajectoire et que ça intéressait. Certains sont restés auprès de moi une nuit, d'autres quatre ans.

Le hasard fait bien les choses, parfois. Le frère de maman et sa femme, que je voyais très régulièrement depuis la mort de Jeanne, étaient contraints de rendre leur appartement à leur propriétaire après plusieurs décennies de location. Le coup classique où les gens veulent récupérer leur bien pour y loger leur progéniture, mais qui plonge, à l'opposé, les locataires dans un certain désarroi. Je leur proposai tout naturellement d'investir le deuxième étage de la maison que maman avait retapé de fond en comble pour moi, à l'époque, en prenant soin de leur préciser que nous serions indépendants et ne partagerions que la porte d'entrée, une demi-volée de marches d'escalier et la machine à laver le linge de la cave. Proposition qu'ils acceptèrent quelques semaines plus tard. Cette vision me réjouissait à l'avance tant mon oncle et ma tante étaient attachants et menaient une vie amusante et bohême, ponctuée de dîners de copains improvisés et de vernissages, de visites de leurs enfants et petits-enfants et d'escapades à la campagne. Décidément, ils prenaient les choses du bon côté et cet exemple était salutaire à mes yeux. Je nc vous cache pas que leur présence au-dessus de moi, dans la même maison, me rassurait beaucoup aussi. Même si je n'avais aucun compte à leur rendre, j'avais l'impression qu'ils veillaient sur moi d'une certaine manière. Et qu'ils me feraient part de leurs réflexions si jamais je venais à sortir du droit chemin.

Et comme par enchantement, les étages du dessous se peuplèrent également. C'est à Gatienne, qui vivait encore chez ses parents à Versailles, que je proposai d'être ma colocataire. Avant de nous rejoindre avec son setter irlandais, elle envoya en repérage sa cousine Constance dont les parents vivaient en province et qui n'avait pas froid aux yeux pour avoir vécu de très longues années à l'étranger. C'est sans doute le plus beau cadeau qu'elle pouvait me faire tant Constance – Kulu de son surnom – devint une nouvelle sœur de cœur, indispensable, aimante, conseillère éclairée. Elle et moi nous complétions à merveille, et finîmes par nous comprendre sans mot dire. Notre cohabitation était facile, naturelle. C'était comme si nous avions toujours vécu ensemble, et ça allait durer quatre ans.

Il me fallut attendre un an avant de rompre avec Cyrille tandis que nous quittions définitivement la Sorbonne. Je fus recalée à Sciences Po malgré six mois de prépa, mais m'inscrivis à l'Institut Français de Presse d'Assas pour étudier le journalisme. J'avais enfin une idée plus précise de ce que je voulais faire ensuite, même si je repoussais l'échéance au maximum tant je trouvais la vie d'étudiante drôle et entraînante.

Sur l'exemple de maman, je me lançai dans des travaux pour créer une nouvelle salle de bains afin que la maison devienne plus accueillante et pratique et ne désemplisse pas, comme Jeanne l'aimait du temps de Cannes. D'autres personnes de notre âge firent des passages plus ou moins longs chez nous, aux Gressets. Kulu jardinait, me rappelant maman. Je me laissais prendre par un certain nombre de faiblesses et d'excès – de vitesse et d'alcool notamment –, dépensais parfois sans compter lorsqu'il s'agissait de faire plaisir à ceux qui m'entouraient, et me mis à multiplier les occasions de rire, de boire et de danser.

Mon cercle d'amis s'élargit, ainsi que Jeanne l'avait tant souhaité quelques années plus tôt. Les soirées et fous-rire étaient devenus légion aux Gressets que j'avais rebaptisés en *Bains-Couettes* ou *Club Med*. Nous coulions des jours heureux, prenions la vie comme elle se présentait, sans nous soucier du lendemain. Mes amis avaient trouvé chez moi un point d'ancrage, un refuge où tout – ou presque – était permis, loin du regard réprobateur de leurs parents encore vivants. Pour moi, le temps du deuil était passé. L'heure était à la fête, aux voyages et aux week-ends entre copains, si bien qu'un jour, je décidai de me séparer de mon chien qui supportait mal mes départs brutaux et mes absences longues et répétées.

Ma réputation était celle d'une fêtarde invétérée et souvent délurée, toujours prête à partir n'importe où, en train, en avion, en voiture ou même en auto-stop, à sortir jusqu'au bout de la nuit et à lâcher prise. De nombreuses personnes gravitèrent autour de nous, ces années-là, pas toujours bienveillantes, parfois un peu vautours, mais je n'en avais cure. Ma porte était grande ouverte. Par-dessus tout, j'appréciais la fantaisie et le faisais savoir. Je rattrapais le temps perdu, je faisais durer le plaisir d'être ensemble, jeune, de n'avoir presqu'aucun souci, d'être libre et de ne plus être seule, même si je savais pertinemment que cette situation ne durerait pas éternellement. Qu'un jour ou l'autre, il faudrait faire le grand saut.

Chapitre 22

À aucun moment de cette époque je ne pensai à rechercher mes origines. Je n'avais pas remis le nez dans les papiers de maman, pas plus curieuse que ça de fouiller et fouiner en quête de quelque chose dont je n'avais nullement besoin. Mes racines et mon histoire, je les connaissais. J'en avais hérité, c'étaient celles de mes parents adoptifs. Le trou de quelques mois qui en faisait partie ne me posait alors aucune sorte de problème. Ce n'était pas un vide, en réalité, juste une période dont je n'avais aucun détail. Jeanne remplissait encore toute ma vie, par l'amour sincère et débordant qu'elle m'avait témoigné tout au long de nos vingt ans de vie commune, par toutes les histoires de famille, plus effrayantes ou réjouissantes les unes que les autres, qu'elle m'avait contées au fil du temps que nous avions partagé. J'étais comme une toupie qui continue de tourner à toute vitesse longtemps après qu'on l'a enclenchée sur une surface parfaitement plane et que tout le monde est parti. Je ne m'arrêtais pas car je n'étais pas encore brisée.

Les gens que je côtoyais m'appréciaient probablement pour ma gaieté et mon entrain que l'on disait contagieux. Certains me jugeaient certainement comme une énergumène insensible et auraient préféré me voir au fond du trou, ronger mon frein ou en cure de désintoxication pour n'avoir pas supporté d'être abandonnée à nouveau. Mais qui mieux que moi pouvait se retrouver orpheline finalement ? L'expérience de l'abandon n'était pas nouvelle dans mon existence. C'était même la troisième. J'étais rôdée. Je savais y faire pour ne pas sombrer, j'avais des ressources.

Aux alentours de Noël 1994, je dus songer à l'avenir et à mettre un terme à mes études supérieures qui avaient duré au-delà du raisonnable. Ne me restait que le mémoire de fin de maîtrise pour boucler ces années et empocher mon diplôme. J'investis alors dans un ordinateur portable et me mis à la tâche. Je m'enfermai ainsi plusieurs semaines aux Gressets, mangeant à peine, faisant d'incessants aller-retour à la Bibliothèque Nationale rue de Richelieu, et remportai une mention à l'histoire et l'analyse du magazine *Connaissance des Arts* qui était plus versé, à ses débuts, dans la décoration des belles demeures que dans l'art pur. Ça, c'était fait. Mes interminables études se concluaient enfin, même si j'allais en reprendre d'autres des années plus tard.

Prévoyant de me lancer dans la vie active sans trop attendre, je prévins Kulu, mes jeunes colocataires du moment et mon oncle et ma tante que je voulais mettre les Gressets sur le marché de la location à la fin du mois de juin et habiter Paris. La nouvelle ne fut pas prise très joyeusement. Je décidais du sort des uns et des autres un peu à la légère et ne me rendais pas compte de l'humiliation que ça pouvait créer, notamment sur les générations précédentes. J'avais à peine vingt-cinq ans, mon oncle soixante-dix, et j'orientais le cours de son existence sans penser un instant à la souffrance que je pouvais générer. La pilule finit par passer, aussi grosse fut-elle.

C'est ainsi que ces quatre années de cohabitation et de partage s'achevèrent. Mon oncle et ma tante dénichèrent un appartement de charme à Versailles, Kulu s'installa à Paris, et je ré-emménageai rue du Pot de Fer avec l'aide de mon petit ami du moment. Un stage de trois mois m'attendait en bordure du Marais, dans une jeune agence de communication. La vie d'adulte en somme, mais que je ne pris pas tout de suite au sérieux.

Chapitre 23

À Paris, ma réputation de boute-en-train me suivit et le fait de commencer à travailler et d'avoir des horaires stricts à respecter ne m'empêcha nullement de poursuivre mon rythme effréné. Si je replongeais alors dans une vie quotidienne solitaire, sans maman à appeler le soir ou à aller voir le dimanche, sans personne à qui parler à moins de faire le premier pas, trois éléments contribuèrent tant bien que mal à apaiser ce mal-être lancinant : mes amis, mes amours et le travail.

Pour les premiers, je m'étais fixé une discipline de fer sans laquelle j'aurais vite sombré dans une existence insipide. Tous les lundi soirs, je décrochais mon téléphone et appelais systématiquement une bonne dizaine de copains afin de planifier les dîners, les soirées, les sorties et, de temps en temps, les week-ends qui allaient me sortir de l'ornière. Bien sûr, avec Kulu, nous conservions une relation très proche et nous voyions très régulièrement. J'étais souvent invitée dans sa famille à la campagne et ça comblait déjà de vastes zones d'isolement forcé. Une fois mon planning hebdomadaire rempli, j'avais moins de mal à avaler ma salade verte sur le coin d'une table en lisant un bouquin ou en regardant les infos, car devant moi, une longue liste de réjouissances s'étalait. J'avais appris, à mes dépens, que le bonheur ne tombait pas du ciel, qu'il fallait le susciter, l'organiser et se donner du mal pour qu'il daigne se montrer.

Concernant les amours, même si toutes les filles autour de moi songeaient de plus en plus sérieusement à se faire passer la bague au doigt – et commençaient d'ailleurs à parvenir à leurs fins –, ça ne m'effleurait pas l'esprit. Il m'était tout simplement inconcevable de reproduire l'exemple familial qui avait été le mien. Je me considérais comme un électron libre de ses choix, de son destin, et de toute emprise quelconque. En revanche, j'étais toujours accompagnée d'un petit ami plus ou moins amoureux, plus ou moins prévenant, plus ou moins généreux, plus ou moins fidèle, et enchaînai ainsi plusieurs aventures de longue durée qui remplirent un certain nombre de vides en plus de mes pensées et de mon cœur meurtri par l'absence de père durant mon enfance. Ainsi, partout où j'allais, il fallait que je trouve un garçon dans les bras duquel je pouvais me réfugier, reprendre mon souffle, regagner confiance, puiser la force de continuer d'avancer. J'avais besoin de compter pour quelqu'un, de compter vraiment, et seules les relations amoureuses sérieuses pouvaient me le permettre. Car je le savais bien, j'étais seule au monde, même si mes amis proches et ma famille m'entouraient du mieux qu'ils le pouvaient.

Enfin, alors que je m'étais employée à en repousser l'échéance inéluctable, la vie active m'ouvrit des perspectives insoupçonnées et comblèrent au-delà de toute espérance mon besoin vital de me rendre utile, voire indispensable, et comme je dis souvent, de « rapporter la baballe ». Comme si maman était toujours là, j'avais l'impression qu'elle continuait de me regarder, de là où elle était, de suivre mes progrès, de se réjouir de mes promotions. Plus que tout, j'aimais avoir une tâche à accomplir et montrer ce que j'avais réussi à produire, le plus souvent toute seule, comme du temps où je faisais signer mes carnets remplis de bonnes notes. Être une élève appliquée : c'est là, je crois, que je trouvais la satisfaction intérieure la plus intense.

Si mes deux premiers stages débouchèrent sur des propositions d'embauche, je les refusai, avec en tête d'intégrer un journal et de pratiquer le métier que j'étais supposée avoir appris à l'université. Mon troisième stage, alors que j'avais déjà vingt-six ans, me permit de voir mon rêve – le plus cher à l'époque – se concrétiser. Absolument persuadée que j'étais bénie des dieux et jouissais d'une chance folle – et je le crois toujours –, j'acceptai, sans même prendre le temps de la réflexion, le poste que le patron de *Maisons Côté Sud* me proposa. Avec son épouse, ils projetaient de lancer un magazine d'art de vivre féminin d'ici quelques mois. Ils disaient avoir besoin de bras et de plumes supplémentaires pour ce faire. La rue d'Aguesseau à Boulogne devint mon deuxième chez-moi pour de nombreuses années et je m'offris, toute fière, mon premier téléphone portable, un objet gros et pesant dont il fallait déplier l'antenne avant de passer un coup de fil.

Durant ces trois premières années de vie d'adulte, je me laissai donc porter par les opportunités et les rencontres qui se présentaient à moi, même si je provoquais la plupart d'entre elles. Mon cercle amical s'étendait, se bonifiait comme un grand cru, et mon répertoire se remplissait chaque jour davantage de nouveaux noms. Les semaines défilaient à une allure croissante tant je mettais de cœur et d'acharnement au travail, et je veillais tard au bureau puisque rien ni personne ne m'attendait à la maison. Ceci étant, de plus en plus de mes amis commençaient à avoir leurs propres pénates, et je me sentais donc moins un cas isolé même si mon sort d'orpheline rejaillissait de temps à autre tel un boomerang, et ce surtout pendant les vacances et aux alentours de Noël.

Pourtant je me mis subitement à faire preuve d'une certaine instabilité géographique qui devint, au fil du temps, presque chronique. Tout était parti d'une agression dont j'avais fait l'objet juste devant chez moi, rue du Pot de Fer, et qui m'avait plongée, l'espace de quelques semaines, dans une espèce d'état paranoïaque. Je ne me sentais plus en sécurité dans ce quartier que j'aimais tant, ne fermais plus l'œil et guettais le moindre mouvement dans le couloir, tétanisée à l'idée qu'un de mes agresseurs ne pénètre chez moi dans la nuit. Je coupai court à mes délires en louant un appartement dans le 6e arrondissement, mais ça ne suffit pas. L'année suivante, j'avançai un autre prétexte pour rechanger de coin, le temps de quelques mois, avant d'élire domicile, une fois pour toutes, près du Palais Royal. Là, au 53 de la rue des Petits Champs, je crois que j'allais enfin mieux. Tous les vendredi soirs, mon petit deux-pièces devint le théâtre récurrent des débuts de soirées que nous terminions aux Bains Douches, aux Planches ou à la Villa Barclay. Mais je constate aujourd'hui que le sentiment d'insécurité avait mis bien longtemps à se dissiper tout à fait.

Entretemps, j'avais réussi à louer les Gressets, plus ou moins avec le gros des meubles, à un imprimeur et sa femme, fan de déco, qui m'avaient demandé de faire creuser une piscine à leurs frais en échange d'un bail de six ans. J'avais donc rangé les papiers et souvenirs de maman au fond du jardin, dans la petite maison qu'elle y avait fait construire pour servir de débarras, sans savoir que je n'y reviendrais qu'en 2000. La toupie que j'étais continuait alors de tourner encore et toujours sur elle-même, en apparence inusable.

Pourtant, durant l'hiver, un gros coup de fatigue m'épuisa, inhabituel et singulier, et me résolut à prendre l'avis d'un médecin. Les analyses révélèrent une thrombopénie – un niveau de plaquettes inférieur à la normale – et je me retrouvai dans le service d'un professeur de renom de l'hôpital Necker, en quête d'un diagnostic. Il m'expliqua sans autre forme de cérémonie qu'il pouvait s'agir soit du sida, soit de la leucémie. Pour le sida, il me suffisait de faire une autre prise de sang et je serais fixée dès le lendemain. Pour la leucémie, on devait me ponctionner de la moelle osseuse mais le résultat ne serait connu que trois semaines plus tard. J'eus à peine le temps d'appeler Kulu, complètement paniquée, qui me rassura et me dissuada de prendre mes jambes à mon cou, avant de passer sur le billard, tenue par quatre infirmiers, pour me faire transpercer la cage thoracique, au bord de l'évanouissement tant cet examen était impressionnant. Bien entendu, je passai les vingt-et-un jours suivants en pleine détresse, convaincue que j'étais atteinte du même mal qui avait tué ma sœur et que mon existence ne tenait plus qu'à un fil. Grâce à Dieu, je finis par apprendre que je ne souffrais d'aucune maladie grave, ce qui eut pour effet de me redonner un coup de fouet. J'en profitai pour mettre un terme à mon idylle du moment et reprendre la liberté – la solitude aussi – dans laquelle j'aimais régulièrement surnager. Je me sentais à nouveau forte. Seule, mais libre et forte.

Rue d'Aguesseau, ma vie professionnelle suivait son cours. Au printemps 1997, tandis que je m'occupais encore de la rédaction du site internet du magazine *Maisons Côté Sud*, mes débuts dans le journalisme prirent subitement de l'ampleur. Jusque-là, je ne rédigeais que de courts billets pour le mensuel *Atmosphères* qui avait été lancé avec succès, y passant au départ de longs moments, tant j'étais perfectionniste et désireuse de ne jamais décevoir Anne, la rédactrice en chef.

Un jour, elle me demanda de prendre en charge un reportage sur Saint-Tropez et ses abords pour la rubrique Week-end. Un coin que je connaissais comme ma poche pour y avoir monté le salon *Côté Sud*, réservé des chambres et des restaurants pour les exposants, arpenté les ruelles et organisé quelques événements. Honorée par la confiance qu'elle me témoignait mais que je jugeais démesurée au vu de mon inexpérience, je fis le choix de me lancer à fond dans ce qui représentait pour moi un défi de taille, et partis avec un photographe, à la recherche des meilleures adresses du célèbre petit port provençal, pendant plusieurs jours. Je signai donc ce reportage et entrai de plain-pied dans le monde de l'écriture, des pages blanches, des mots justes et des tournures de phrases dont la musique me berce toujours. Et pour une fois, je fus fière de moi et de ce que j'étais capable d'accomplir.

J'intégrai ainsi pour de bon l'équipe rédactionnelle d'*Atmosphères*, reçus ma carte de presse officielle, et multipliai les interviews, les enquêtes, les reportages de tourisme et les lancements de presse entre deux conférences de rédaction. Mon métier – que je n'étais pas seule à considérer comme « glamour » – me mettait dans une boule de ouate en me conférant une position sociale agréable. Mais surtout *Atmosphères* était devenu ma seconde famille au point que nous surnommions Anne « maman ».

Ce train-train chavira le week-end du 8 août 1998.

Chapitre 24

Comme à chaque fois qu'un événement décisif surgit, on ne s'y attend pas le moins du monde. Depuis peu, j'avais cessé d'avoir un petit copain attitré et m'étais mise depuis quelques mois à butiner à droite à gauche. Mon job m'offrait la stabilité nécessaire à mon équilibre intérieur, j'avais mis un terme à la « déménagite » aiguë qui m'avait assaillie quelques temps et relégué les sentiments personnels en seconde position. Mes amis me comblaient, je voyais les membres de ma famille de façon épisodique, mais régulière. Ma vie ressemblait à quelque chose de convenable, de droit, même si l'insouciance continuait d'être au centre, vitale et indispensable, et me changeait tous les week-ends en pile électrique, abonnée aux planches des discothèques de France et de Navarre.

Pourtant ce samedi 8 août, le futur père de mes enfants m'aborda dès le matin, dans le jardin d'amis que nous avions en commun et qui nous avaient séparément invités à buller deux jours en Normandie. Marc n'était pas exactement mon genre de profil, pas très foufou, un peu classique à mes yeux, mais son visage aux lignes parfaites et son regard vert me séduisirent. Je ne me méfiai donc pas et lui tombai dans les bras, pensant naïvement inscrire un nom de plus sur mon tableau de chasse déjà bien garni et sans lendemain.

Nous nous sommes mariés en avril 2000. Un conte de fées comme je n'avais jamais osé l'espérer. Je ne vous cache pas que l'année d'avant, l'idée avait fait son chemin. L'horloge biologique tournait inexorablement, j'allais avoir trente ans et étais devenue anxieuse que notre relation n'aboutisse pas à la famille idéale dont j'avais toujours rêvé. Nous n'avions plus aucun secret l'un pour l'autre, j'avais ralenti ma cadence frénétique de sorties pour me consacrer à nous deux, et savais tout au fond que c'était lui le bon. Il me comprenait, m'admirait pour mon énergie, mon organisation et ma détermination à titiller le bonheur, pour la façon dont j'avais fait face à ce qu'il m'avait été donné de vivre dans mon enfance et ma jeunesse. Je le respectais profondément pour sa droiture et son sens des responsabilités et je l'aimais pour ce qu'il était : un homme bon, beau et intelligent.

Le jour J, pourtant, jusqu'à l'échange de nos alliances et de nos consentements, j'étais complètement chamboulée. Je m'étais levée aux aurores. C'était comme s'il fallait que je saute d'un train ou d'un avion en marche, sans parachute. Depuis notre rencontre, je m'étais laissé porter par notre belle histoire, ne m'étais pas penchée sur la lourdeur de mon passé. La plaie de ne pas savoir d'où je venais se rouvrait comme si elle n'avait jamais cicatrisé. Maman me manquait cruellement, elle aurait su me bercer au creux de ses bras et me susurrer des mots rassurants à l'oreille, ceux qu'il faut entendre avant de se projeter vers une autre vie, inconnue. Même papa me manquait, à qui j'avais fini par pardonner, l'âge aidant, et au bras duquel j'aurais dû marcher lentement jusqu'à l'autel. Le vide affectif et familial dans lequel j'évoluais depuis dix ans déjà me sautait à la figure comme une charge d'explosifs. Était-ce la bonne décision, la meilleure voie à suivre ?

Lorsque j'avais enfilé ma robe immaculée, le stress s'était resserré un peu plus encore sur moi tel un étau. Je me repassais mentalement mon enfance, je luttais contre les tremblements. Je redoutais avec effroi que les horreurs que j'avais traversées se renouvellent comme par malédiction. Alors j'avais essayé de me concentrer sur les choses bassement matérielles, le terre à terre, l'organisation des buffets, le déroulé du dîner, le plan de table, pour ne pas gamberger jusqu'à l'asphyxie. Je déroulais la liste, je cochais les cases, comme je le fais presque chaque jour depuis. La réflexion, tendue exclusivement vers l'action, était une dynamique dans laquelle je m'enfournais comme beaucoup de gens normaux le font.

Le porche de l'église était alors apparu derrière la vitre de la voiture de Jérôme qui me véhiculait, telle une star de cinéma, aux côtés de mon oncle. Tout le monde était là, à m'attendre, moi, la toute petite, l'insignifiante, celle qui n'avait pas voulu grandir pour ne pas s'imposer devant une Jeanne si grande et si bonne, celle qu'on n'avait pas pu garder, celle qu'on avait mise dans une maison d'adoption à sept cent cinquante kilomètres de son lieu de naissance pour des raisons obscures, celle qui était orpheline et n'avait même pas de frère ou de sœur vers qui se tourner, celle qui avait combattu l'abandon depuis son premier jour. J'étais censée être la reine du jour, j'avais dû me reprendre. Je n'en revenais pas, ne pouvais pas y croire.

Jusqu'à la fin de la messe, je pensai à Jeanne, à Arnoux, à celle qui m'avait mise au monde et que je n'avais jamais recherchée. Je ne savais pas alors que ce qui m'était arrivé en 1984 était un péché grave puni par l'interdiction de communier avant de s'être confessée auprès d'un évêque ou de son délégué et d'avoir fait pénitence. Je l'ai appris récemment et c'est l'un des fantômes qui me hante souvent. Or, pendant l'homélie, juste avant le sacrement qui allait nous lier devant Dieu, une colombe était passée au-dessus de nos têtes et le photographe l'avait immortalisée sur papier glacé. Était-ce une simple coïncidence, un signe d'absolution, une promesse de bonheur ? L'*Ave Maria* de Gounod avait résonné dans le chœur, comme à l'enterrement de maman. Nos témoins nous entouraient et, de mon côté, se nommaient Kulu, ma sœur de cœur, Katya, ma fidèle amie depuis le lycée à Versailles, Anne-Sixtine, ma nouvelle bonne amie, et Jérôme. Il m'avait fallu patienter jusqu'à la sortie de l'église pour sourire enfin, relâcher mes nerfs en boule, me laisser aller à ce bonheur auquel je ne pensais pas avoir droit. Embrasser Marc sous une pluie de pétales et le regarder dans les yeux, sans baisser le regard, lui témoigner ma confiance, en lui, en moi aussi, lui montrer que je comprenais que je n'étais plus seule, lui prendre la main pour ne plus la lâcher, quoi qu'il advienne, car j'étais bien placée pour ne jamais l'abandonner. Je venais de m'engager pour le meilleur et pour le pire.

Et le meilleur fit irruption dans notre couple neuf mois et un jour plus tard.

Chapitre 25

On fait de longues années d'études pour devenir avocate, infirmière, pilote de ligne ou institutrice. On apprend à tracer des plans avant de bâtir des maisons, à manier les chiffres avant de se lancer dans la finance, à comprendre le corps humain avant de soigner ou de sauver les autres. Mais il n'y a pas d'école pour devenir maman, si ce n'est celle de sa propre mère. La transmission intergénérationnelle comme on dit pompeusement, ou comment apprendre à reproduire les gestes et les soins qu'on nous a prodigués, écouter les conseils de celle qui nous a porté pendant des mois, l'histoire de notre naissance, le jour d'avant, les jours suivants. Tandis qu'on s'est royalement fichu, pendant longtemps, de savoir combien on pesait ou quel lait on a bu en premier, lorsqu'on attend un enfant, il en va autrement. Cette période-là devient subitement digne d'intérêt. Voire même, toutes nos pensées convergent vers elle. On veut tout savoir, dans les moindres détails, pour faire au moins aussi bien, pour tenter de faire mieux, pour enrayer la crainte de voir ce moment, tant attendu et pourtant si redouté, arriver.

Alors oui, la grossesse de ma première fille a été difficile. Non que je dusse m'aliter ni m'arrêter de travailler, non que le bébé menaçât de naître avant terme, loin de là. Juste parce que ni Jeanne, ni ma génitrice n'étaient là pour me dire comment ça s'était passé pour moi. Je n'avais aucune parade secrète pour repousser les émotions et les angoisses qui ont commencé de m'assaillir tandis que j'entamais le deuxième mois de ce qui allait devenir un parcours du combattant. Je les ai prises en pleine face, comme ça, lorsqu'elles surgissaient sans prévenir.

Moi qui ne redoutais rien ni personne, qui fonçais dans la vie telle un taureau dans une arène, prête à me faire défoncer pour la gloire, j'ai perdu mes moyens et mes forces parce qu'un petit être grandissait à l'intérieur de moi, dépendait de moi, et parce que dans ses veines et les miennes, coulait le même sang. On a beau dire, l'habitude enveloppe et rassure. Et cette habitude-là, le fait de côtoyer des gens du même sang, de retrouver une expression ou une forme de visage chez quelqu'un, ne m'était pas familière. Moi qui avais bravé les pires dangers dans une inconscience et une liberté hors du commun, j'ai eu peur, pour la première fois de mon existence. Peur de ne pas être à la hauteur, peur de ne pas être maternelle et d'abandonner mon enfant comme ma mère naturelle l'avait fait, et au final, peur qu'elle ne naisse jamais.

Alors je me suis goinfrée, pour m'assurer qu'elle ne manque de rien, qu'elle n'ait aucune carence. Au moins deux petit-déjeuner, un énorme déjeuner, deux ou trois goûters, et un bon dîner. Avec beaucoup de chocolat surtout, et même un peu de vin, parce que je croyais que ça rend gai et optimiste.

J'ai recommencé à rédiger des listes de trucs à faire, parfois accessoires, souvent inutiles, de choses prétendument indispensables à acheter, des rideaux à coudre, des meubles à bouger. J'ai beaucoup travaillé aussi, sur les articles qu'on me commandait, qui me détournaient l'esprit de mes pensées anxiogènes, tout en voyageant moins pour ne pas nous bousculer la petite et moi.

J'ai déménagé parce que ça, c'était bien, ça prenait du temps et de l'énergie. Je ne me suis pas beaucoup reposée, non, si ce n'est quand je ne tenais plus debout, à cause du ventre démesuré que je trimbalais péniblement du haut de mon mètre cinquante. J'essayais d'oublier par tous les moyens que ni maman, ni ma mère, n'étaient là pour me servir de phares dans cet océan d'émotions, de doutes et d'hormones qu'est une grossesse. Je préparais à ma façon l'arrivée de notre fille.

Le fait de retourner aux Gressets a contribué à m'apaiser et à me sentir protégée. Qui plus est, nous n'allions pas y vivre seuls puisque Fabrice, un bon ami du bureau, et sa femme Albane, qui attendaient leur second enfant et avaient déjà de l'expérience en tant que parents, allaient emménager au deuxième étage, comme mon oncle et ma tante l'avaient fait dix ans auparavant. J'étais folle de joie d'avoir convaincu Marc de ne pas élever notre progéniture dans la pollution parisienne, mais à l'ombre des seringas en fleurs et dans l'écrin de verdure que mes parents m'avaient légué. Je me suis activée à préparer la chambre en rose et blanc. Ça me permettait de me projeter. Tout devait être prêt, propre, nickel, bien rangé dans les étagères. Chaque chose devait être à sa place, le chauffe-biberon, les petits bodys à pression en taille zéro, la crème pour les fesses irritées, le landau à trois roues super moderne dans lequel nous avions investi. La naissance à venir, si elle arrivait bien, allait être un miracle, un cyclone de joies et de peurs, de sensations contradictoires. Je le pensais, je le savais, je l'avais déjà prévu. C'est d'ailleurs la raison pour laquelle je n'avais pas voulu attendre pour qu'on s'y mette, alors que tous, après leur mariage, se réservaient un ou deux ans avant de concevoir leur descendance. Ils prenaient leur temps, en amoureux. Moi j'avais voulu me lancer sans réfléchir, comme toujours quand quelque chose était plus important que tout.

Et puis en réintégrant la maison de Jeanne et d'Arnoux, je pus rouvrir les dossiers et les cartons de papiers, de photos, de lettres et de documents, jaunis par le temps, que j'avais entreposés dans la maisonnette au fond du jardin. Je reposai les yeux sur mes trois prénoms, qui remontaient souvent à la surface de mon esprit torturé par la grossesse et la foule de doutes qu'elle engendrait. Comment ferais-je pour répondre aux questions de ma fille lorsqu'elle voudrait savoir d'où elle vient alors que je ne savais pas d'où je venais moi-même ? Ses interrogations resteraient sans réponse, comme les miennes lorsque j'étais petite. Méritais-je d'être mère après ce qui était arrivé en 1984, et quelle sorte de maman serais-je ? allais-je avoir la force de combattre les monstres de ma chambre cannoise pour deux ? allais-je pouvoir élever correctement ce bébé alors que j'avais parfois martyrisé ma mère ? Je finissais par me dire quand même que je n'étais pas la première, ni la dernière, à être née sous X et à porter un enfant. Je me replongeais corps et âme dans mes livres et mes films pour me persuader que ma vie était peut-être dure par moments, mais si belle et si chanceuse, que des problèmes, tout le monde en avait, que c'était juste trois saisons à passer. Ensuite, le bébé serait là, à l'air libre, dépendrait moins de moi qu'en logeant dans mon ventre. Ça irait mieux, forcément.

Enfin, ma belle-mère fut d'un immense secours. Celle que j'appelais Mika, qui avait eu trois fils, celle dont j'étais la première belle-fille et qui allait être grand-mère pour la première fois, remplaça, le temps de quelques mois et par intermittence, la mère que je n'avais plus. Par des mots choisis, des attentions, des gestes, une disponibilité et une écoute incomparables, et par des petits riens qui firent un effet bœuf à la future maman complètement perdue que j'étais. Je me sentais soutenue, comprise, et savais pouvoir compter sur elle et mon beau-père. Et du soutien, j'allais en avoir grandement besoin.

Chapitre 26

La naissance de notre fille fut plus compliquée que prévu puisqu'il fallut m'opérer sous anesthésie générale. On s'était rendu compte, au dernier moment, que mes plaquettes avaient vertigineusement chuté et que nous risquions l'hémorragie toutes les deux. Le fait de ne rien connaître de mes antécédents familiaux n'arrangeait rien, évidemment. Et la petite clinique pépère du 15e arrondissement avait gentiment, mais fermement, transféré mon dossier à risque à Necker.

Lou est née un mardi matin de janvier 2001. Il n'existe pas de mots assez puissants, assez profonds, pour vous décrire la révolution intérieure que son arrivée, dans le monde et ma vie, a déclenchée. J'avais eu beau me préparer comme un sportif de haut niveau, cogiter jour et nuit tout en m'activant sans relâche, anticiper à peu près tout pour conjurer le mauvais sort, rien n'atténua le tsunami émotionnel que sa naissance provoqua chez moi. J'étais devenue, du jour au lendemain, une maman et ne connaissais pas la mienne. Madeleine Vincente était ressortie de son antre pour m'avaler tout cru. J'aurais donné n'importe quoi pour parler ne serait-ce que quelques instants à celle qui m'a donné la vie. Pour savoir comment elle avait supporté de m'abandonner alors que j'étais si petite, si fragile, si démunie.

En Lou, je me voyais, toute seule dans mon berceau roulant, trente et un ans plus tôt. Emmaillotée dans une couverture de laine avec un bonnet sur le crâne. Pliant et dépliant mes doigts minuscules aux ongles translucides, remuant les lèvres à la recherche d'un sein à téter, d'un creux de bras où me réchauffer. Pourquoi avait-elle agi ainsi ? l'avait-on forcée ? avait-elle pris elle-même cette terrible décision ? avait-elle posé les yeux sur moi, la chair de sa chair ? comment se faisait-il qu'elle n'ait pas eu pitié d'un être sans défense aussi attendrissant ? m'avait-elle prise contre sa poitrine et son ventre encore gonflé, avait-elle eu le droit de m'embrasser avant de me jeter dans la nature, ou même pas ? C'est comme si on rejouait le film imaginaire de ma naissance et de mon abandon, car quand on ne sait rien de ce moment essentiel et primordial, on l'invente, on le crée, on l'écrit, on le peint, on le chante, on le compose, comme pour crier à l'injustice et convoquer tous les regards pour en partager l'insoutenable douleur. Mais on ne laisse jamais de vide, car c'est invivable. On remplit, sans laisser d'interstice, tout ce qui nous tombe sous la main : les pages blanches, les agendas, les voitures, les carafes, les maisons, les placards, les albums, les carnets, les journées et les réfrigérateurs. Il m'était alors tout simplement inconcevable d'imaginer pouvoir me lever pour partir et laisser mon bébé là, toute seule dans cette chambre glauque d'hôpital, sans amour, sans chaleur, sans maman, dans la nuit froide du mois de janvier qui était devenu, dans mon délire de filiation, un mois de novembre 1969. Elle en serait morte.

Les vapeurs de l'anesthésie ont fini par se dissiper. Madeleine Vincente s'est tue. Le film sordide a fait place au conte de fées. Et je me suis tournée vers ma petite princesse endormie et l'ai aimée de toutes mes forces.

Chapitre 27

Je mis de longs mois à me remettre complètement de cet électrochoc et développai alors le besoin obsessionnel de tout contrôler. À la maison, mais aussi dans nos déplacements. Tout devait être parfait, bien ordonné, prévu, calculé, sécurisé. Il était hors de question de laisser ne serait-ce qu'une toute petite place au hasard. L'accident – ou le drame – me terrorisait, et je l'imaginais survenir à tout moment comme un dragon qui allait engloutir mon enfant et lui ôter la vie. Lou, pourtant aussi sage et irréprochable qu'une image, était devenue l'objet de toutes mes attentions doublées d'une anxiété collante et encombrante. Je prenais mon rôle de mère très au sérieux, trop bien sûr, ne la laissais jamais pleurer plus de quelques secondes, guettais ses moindres gestes et veillais sur elle comme sur un précieux trésor. Heureusement, Marc était un amour. Se pliait à mes exigences les plus folles, respectait mes peurs bleues. D'une patience et d'une gentillesse sans limite. Il ne me jugeait jamais. Laissait agir les monstres qui m'avaient prise en otage, mais que j'apprenais à combattre jour après jour, pour ma nouvelle petite famille.

La reprise de mon job aux quatre mois de Lou m'y aida certainement, ainsi que l'entrée d'une nounou dans notre quotidien.

Cette douloureuse épreuve de séparation passée, je réussis toutefois à lui faire confiance et rejoignis la rue d'Aguesseau le cœur plus léger et finalement heureuse de recouvrer ma liberté quelques heures par jour et de retrouver la formidable équipe du magazine *Atmosphères*. Je piochai des conseils maternels à la pelle et me remis à noircir les pages blanches pour le journal. J'avais l'esprit happé par mon travail et regagnai peu à peu un équilibre tant physique que psychique. Je commençais à me décontracter enfin et à revivre dans un tempo qui frisait la normalité.

Pourtant, j'endurais mal certaines conversations, toujours trop longues pour mes nerfs à vif, qui tournaient autour des similitudes physiques ou caractérielles de Lou qui, selon les jours, était le portrait craché d'un frère de Marc, faisait les mêmes mimiques que son grand-père ou son arrière-grand-mère paternels ou ressemblait à s'y méprendre à l'un ou l'autre membre de la famille de Marc, mais jamais, bien entendu, de la mienne. Ces jours-là me replongeaient invariablement dans la solitude affective dans laquelle je me sentais condamnée à demeurer toute ma vie.

Mais un beau soir du mois d’août, Marc rentra plus tôt du bureau et me dévoila la réponse à la question qui m’obsédait le plus depuis que Lou avait été conçue.

Chapitre 28

Je me souviens que nous nous tenions devant la fenêtre gauche de mon ancienne chambre de jeune fille, à l'étage, qui donnait sur le jardin. L'été était moche cette année-là dans la région parisienne, mais nous avions prévu de partir en vacances, les premières de Lou, plus tard, à l'automne, à contre-courant, pour éviter la foule et les prix de la haute saison. Marc me tenait la main et parla au conditionnel. Je devais deviner ce qu'il avait à me dire. Il avait attendu que je sorte la tête de l'eau et du baby-blues qui m'avait assiégée, pensait qu'il était temps de me révéler les mots que Jeanne avait prononcés sur son lit de mort devant ma marraine. L'information lui venait de son père qui lui-même la tenait de ma marraine dont les aveux dataient des alentours de notre mariage, un an et demi auparavant. Elle ne m'avait rien dit avant puisque je n'avais jamais émis le souhait de chercher à savoir. C'était un lourd fardeau pour mon jeune mari et il avait imaginé un plan d'action au cas où je perdrais connaissance ou réagirais de façon inattendue.

Je pressentis rapidement qu'il s'agissait de l'identité de ma vraie mère. Il me vint à l'esprit que ça pouvait être quelqu'un que je connaissais, voire de ma famille. Oui c'était bien ça. Un vent de tempête force dix se déchaîna dans mon cerveau qui analysait tel un processeur ultra sophistiqué toutes les données que j'avais en ma possession. Je nommai une cousine, puis à une autre. C'était elle. Mais oui, bien sûr ! Ça tombait sous le sens. Tout collait, tout ce que Jeanne m'avait dit à demi-mot pendant mon enfance, jusqu'à son âge exact. Maman avait joué au petit poucet et semé les cailloux derrière elle pour que plus tard, je retrouve le chemin qui me conduirait jusqu'à mes origines. J'étais en ébullition, ne pouvais plus tenir en place, arpentais la chambre en long en large et en travers en ne quittant pas Marc des yeux. Une cascade de réflexions, de souvenirs et de conséquences se déversait en moi en un flot puissant et ininterrompu. Mais je ne me noyai pas.

Je me souvins que Jeanne avait aidé cette cousine, s'était acharnée pour qu'elle récupère la garde de son fils, quand j'avais environ huit ou dix ans. Elle était allée jusqu'à désigner ma cousine et son mari comme mes tuteurs légaux au cas où elle disparaîtrait avant mes dix-huit ans. Tout se tenait et s'imbriquait parfaitement comme dans un puzzle. C'était juste incroyable. Je ne résistai pas longtemps et partis en courant fouiller dans les cartons de photos à la recherche de quelques clichés de cette mère mystérieuse qui avait peuplé mes nuits de petite fille perdue. Pourtant, quelque chose clochait. Elle était grande et nous n'avions pas la même couleur d'yeux. Un pur produit de la famille de Jeanne. Mais sa mère, ma tante, en revanche, était de petite taille. Marc disait d'ailleurs souvent qu'il nous trouvait des ressemblances, à quoi je rétorquais que ça ne tenait qu'au gabarit. Pour finir, Lou avait les yeux clairs, plutôt bleus à l'époque. Et je crus y reconnaître ceux de ma cousine. Le vert, chez Lou, n'apparaîtrait que plus tard.

Après une nuit agitée et bouillonnante d'élucubrations en tous genres, je décidai de garder cette information explosive pour moi, de m'en imprégner lentement, d'en mesurer tous les tenants et les aboutissants, avant de me lancer dans des révélations qui pouvaient avoir de lourdes répercussions. Ma cousine s'était remariée et avait plusieurs enfants. Il était impensable de débarquer comme une fleur et de semer la zizanie. Je n'avais nullement besoin d'une autre maman. La mienne était bien morte, mais avant de partir, m'avait aimée par-dessus tout, s'était levée la nuit, m'avait soignée, nourrie, consolée, bercée et même parfois idolâtrée.

J'attendis l'automne pour prendre l'initiative d'un dîner de cousins à la maison. Celle que je trépignais d'impatience de revoir avec ce nouveau regard arriva aux Gressets très en avance et s'intéressa plus que les autres à notre bébé. Nos échanges me convainquirent définitivement de notre lien de filiation directe, scandés de « je pourrais être ta mère » et de conseils variés, notamment celui de ne jamais arrêter de travailler, erreur qu'elle avait commise pour élever sa progéniture et qu'elle regrettait amèrement.

Ce soir-là, j'allai me coucher avec des étoiles plein la tête. C'était bien un secret de famille, dont ma cousine n'avait sans doute pas connaissance elle-même, que j'étais donc a priori seule à détenir. J'échafaudai mille *scenarii* possibles. Et me tournai naturellement vers la quête, en pensée, de mon père naturel. À quoi ressemblait-il ? qu'avais-je hérité de lui ? était-ce un séducteur volage comme Arnoux ou un timide introverti ? L'envie et le besoin de reconstituer mon histoire qui, jusque-là, m'avait laissée en paix, venaient de prendre possession de tout mon être pour ne plus l'épargner. Au prix dc ma sérénité intérieure.

Chapitre 29

Une année entière s'écoula où je ne bougeai pas d'un iota. L'existence suivait son cours dans un train-train quotidien destiné à tranquilliser la fille anxieuse qui fumait beaucoup, se rongeait les ongles et se mordillait l'intérieur des joues que j'avais toujours été. Je collais des post-it aux couleurs vives noircis de listes interminables partout, aussi bien à la maison qu'au bureau, redistribuais de manière compulsive les pièces principales de la maison afin d'en déplacer tout le mobilier et de créer de nouvelles tâches à accomplir, et suivais de près les rumeurs qui couraient dans les couloirs d'*Atmosphères* et devant la machine à café du groupe de presse tout entier. Il se disait qu'on allait être vendus mais nous n'en savions pas davantage. Je continuais donc à contempler les photos de Lou et de Marc en me demandant si j'étais au bon endroit, au bon moment, et si je ne ferais pas mieux de m'occuper sérieusement de mes affaires personnelles. L'occasion allait se présenter, il fallait la saisir, ne pas laisser passer le train en marche vers ce que je pensais être mon destin.

En attendant que la situation du journal se débloque, et avec la bénédiction d'Anne, je m'investis à fond dans un sujet qui me tenait particulièrement à cœur : la naissance sous X et l'adoption. Mon enquête, la dernière pour *Atmosphères*, m'absorba plusieurs semaines et me fit interviewer, entre autres, quelques amies qui étaient dans la même situation que la mienne, et la psy spécialiste reconnue en matière de parentalité et d'accouchement sous X, Geneviève Delaisi de Parseval, dont j'avalai quelques-uns des ouvrages avec passion, bien déterminée à creuser cette affaire jusqu'au bout et à lever le voile ténébreux qui entourait ma filiation, le plus proprement possible et en connaissance de cause. Les lois et les méandres de l'adoption n'eurent plus aucun secret pour moi et je me préparai minutieusement à affronter la vérité du mieux que je pus.

Dans ce but, j'invitai à nouveau ma cousine à l'occasion d'un dîner familial qui se déroula peu ou prou comme le premier. Je me rappelle très bien qu'elle alla même jusqu'à me demander la date précise de mon baptême, auquel elle avait assisté. J'avais une photo l'attestant. À l'époque, elle avait de longs cheveux. Mince comme un fil. Une beauté parfaite du début des années 70.

Puis le sort du magazine finit par se préciser. *Atmosphères* n'allait pas être vendu à L'*Express* comme les *Maisons Côté Sud* et autres points cardinaux, mais au groupe belge Roularta. La ligne éditoriale allait résolument changer, l'âme du journal disparaître, Anne partir vers d'autres horizons et les bureaux déménager à la Bastille, trop loin de chez nous. Je décidai d'activer le privilège réservé aux détenteurs d'une carte de presse, la clause de cession, sans hésiter une seule seconde. Il était temps de me consacrer au secret de famille dont j'avais fait l'objet. Je m'en sentais la force. Pour moi, pour Lou aussi. J'avais le pressentiment que l'écriture allait me manquer mais je prévoyais déjà de combler ce vide-là en écrivant des nouvelles ou peut-être un roman. Je n'étais pas encore fixée.

Chapitre 30

Je n'avais pas envisagé que la fin d'*Atmosphères* allait autant m'attrister. Le dernier jour, en mars 2003, je le passai en pleurs tout en rassemblant mes affaires comme je le pouvais. Je réalisais combien j'avais été heureuse dans cette équipe qui était devenue une seconde famille. Anne allait me manquer affreusement – je n'avais jamais réussi à la tutoyer, contrairement à tout le reste de la rédaction, tant je l'appréciais et la respectais. Heureusement, Fabrice habitait au-dessus de chez nous, j'allais donc le revoir tous les jours, et ce matin-là, il me fabriqua gentiment un cadre improvisé avec quatre planches et une couverture d'*Atmosphères* en format géant que j'ai toujours, encore aujourd'hui, au-dessus de mon bureau à la maison. Je laissais derrière moi de belles années, enivrantes, chargées de bonnes ondes, de rencontres, de voyages, de beau et de rires. J'y avais appris et exercé un métier fabuleux et l'art de transmettre aux autres ce qui vous fait vibrer.

Mais ma fille, mon mari et mon histoire m'attendaient. J'allais leur consacrer tout mon temps et toute mon énergie.

Et tout retranscrire, jour après jour, pour que, cette fois, trente-deux ans plus tard, rien ne tombe dans l'oubli.

Ainsi, le 10 avril 2003, sur les conseils de Marc, je m'offris une première séance avec Geneviève Delaisi. Je m'étais mis en tête de percer le secret, mais ne savais pas exactement comment m'y prendre. Ce que je m'apprêtais à faire et à vivre était grave et pouvait faire des dégâts irréversibles. J'avais bien relu tous les papiers pour tenter de reconstituer mon histoire et définir une chronologie. Elle était courte. Un mystère supplémentaire avait d'ailleurs surgi. Qu'avait-on fait de moi entre le 30 novembre 1969, où j'étais censée être née à Brunoy, près de Paris, et le 10 janvier 1970, où j'avais été mise en nourrice chez une certaine madame Ferrand par le biais de l'œuvre d'adoption de Marseille ? qui m'avait emmenée dans le Sud ? pourquoi si loin ? J'avais bien essayé d'appeler le directeur de l'œuvre, pour récupérer mon dossier. En vain.

Pour faire face au magma d'émotions qui menaçait de m'ensevelir, j'avais clairement besoin d'un soutien psychologique. La thérapeute, en m'écoutant brosser rapidement mon parcours atypique fut sidérée. « Admirable, costaude, lucide, maltraitée par la vie »... Les qualificatifs à mon sujet me mettaient mal à l'aise. Comment une microscopique bonne femme comme moi avait réussi à se sortir de tant d'épreuves la tête haute, rester équilibrée, ne pas sombrer dans la dépression ? Elle m'avoua être impressionnée par ma résistance. Elle évoqua la résilience, me révéla que j'avais été une fille de remplacement pour mes parents adoptifs, ce que je n'avais pas envisagé ainsi jusqu'alors. On ne m'avait jamais parlé avec une telle empathie, on ne m'avait jamais comprise à ce point. Je n'avais fait que me culpabiliser et me dévaloriser. Selon elle, le fait que maman se fût battue pour que ma cousine puisse élever son fils était une façon de lui restituer l'enfant qu'elle lui avait pris. Intéressant. Selon elle encore, tout se tenait : les tuteurs légaux, les vacances chez eux et quelques détails supplémentaires que je ne peux pas dévoiler ici. Elle me suggéra d'organiser une rencontre avec ma cousine, seule à seule. Me prévint qu'elle allait certainement nier en bloc. Qu'elle ne savait sans doute pas que Jeanne m'avait adoptée moi, sa fille naturelle, sa faute de jeunesse.

Séance après séance, elle me prépara psychologiquement, comme un boxeur qu'on entraîne avant de monter sur le ring. Parce que c'est bien ce qui allait arriver. J'échafaudai peu à peu un plan, grâce à elle, et en parallèle, me lançai dans mon enquête personnelle, à corps perdu, comme j'avais bien appris à le faire en étant journaliste. En bon petit soldat prêt à se faire sauter la cervelle et les entrailles sur un terrain dangereux.

Chapitre 31

Le 14 avril, le directeur de l'œuvre, Robert Christolomme, me rappela enfin. Cela faisait des lustres qu'il était bénévole et déjà deux ans qu'il en avait assez et voulait mettre un terme à ses fonctions. Il me tint, j'imagine, le discours habituel. Mon dossier était vide. Ma mère biologique n'avait pas écrit pour révéler son identité. Tout ce qu'il contenait : des lettres de maman qui donnaient des nouvelles de moi bébé avec des photos et des courriers administratifs. Ça ne m'apprendrait rien.

Ses mots furent affreusement banals : « sachez que votre mère naturelle vous a aimée puisqu'elle vous a portée. Elle a sans doute été forcée par sa famille à vous abandonner. » À l'époque, la mère n'était pas obligée de signer la lettre d'abandon. Il m'apprit tout de même que madame Ferrand, la nourrice à qui l'œuvre m'avait confiée le 10 janvier 1970 – d'après lui, une femme extraordinaire qui m'avait chouchoutée – était morte trois mois plus tôt. J'arrivais trop tard, dommage. Une lettre destinée à Jeanne du 21 avril 1970 lui transmettait ses regrets de ne pas pouvoir encore me confier à elle puisqu'elle n'avait pas obtenu l'accord du procureur, malgré le fait qu'elle passait juste à côté pour aller huit jours à Lorgues, mais dès qu'elle aurait l'accord, elle pourrait venir me prendre. La directrice de l'époque était madame Legré, que maman m'avait emmenée voir lorsqu'elle était en maison de retraite, et l'assistance sociale, madame Audouard, toutes deux mortes également. Enfin, il me conseilla d'aller glaner des informations auprès de l'établissement où j'étais née, la clinique des Vallées, à Brunoy. Ce que je fis sans tarder.

Un autre mur se dressa devant moi. Ce n'était plus une maternité mais un service gériatrique. Petit espoir, une dame qui y travaillait en 1969 était toujours là. Elle allait voir comment consulter les archives, mais après recherche, celles-ci avaient été déplacées car la direction avait changé. Elle m'orienta vers la DDASS et la mairie. J'avais la sensation d'être dans un labyrinthe truqué, sans issue de secours.

Puis j'appelai ma marraine et partageai mes doutes sur la stabilité psychologique de maman avant sa mort, le fait qu'elle délirait les trois derniers jours, qu'en me demandant d'aller aux Galeries Lafayette, elle voulait m'envoyer au Crédit Lyonnais, qu'elle mélangeait tous les noms. Toute sa vie, Jeanne avait pratiqué avec brio l'art de l'affabulation, disait-on, grossi les histoires, mis de l'emphase, pour les rendre croustillantes. Mais là, comment aurait-elle pu se tromper délibérément sur un sujet si solennel ? Si elle l'avait fait, c'était par erreur, parce que les métastases avaient réduit son cerveau en une bouillie infecte qui l'empêchait de prononcer les mots justes, au moment voulu. Ma marraine me certifia que Jeanne avait toute sa tête. Elle me confia aussi que madame Audouard était une bonne amie de sa mère, et que c'était certainement grâce à elle que mes parents avaient réussi à m'adopter malgré leur âge, par piston. Mais on ne pouvait plus rien en tirer puisqu'elle nous avait quittés. Elle finit par me conseiller d'aller voir les frères de maman. Je dressai alors une longue liste de questions, dans l'espoir qu'ils pourraient y répondre. Mais aucun d'eux n'était disponible. Je n'insistai pas. Cette enquête devenait trop pénible. Je ne voulais, au demeurant, déranger personne. Or j'avais bien conscience que c'était précisément ce que je faisais.

Le 22 avril, j'eus ma cousine au téléphone et nous fixâmes une date pour déjeuner ensemble. Le vendredi 9 mai. Elle ne travaillerait pas, c'était le pont du 8 mai. Je lui avouai avoir des questions à lui poser sur maman, avant et juste après mon adoption. La phrase de trop, probablement, mais c'était le seul prétexte que je trouvai pour la voir seule à seule.

Six jours avant le jour J, je somatisai. J'avais la trouille au ventre de soulever un secret de famille trop bien gardé et, qui sait, de déterrer des horreurs. J'eus une fièvre de cheval durant trois jours. Une loque. Je craignais le pire et voulais tout stopper. Le coup de fil de mon oncle – celui qui avait trahi sa femme et quitté sa famille –, la veille au soir, m'avait traumatisée. J'avais complètement oublié que je lui avais laissé un message quelques semaines auparavant. Je redoutais de me mettre toute la famille de maman à dos. J'avais perdu tous mes moyens, n'avais posé aucune des questions de ma précieuse et longue liste. Conversation stérile.

Et puis deux jours avant le 9 mai, ma cousine décommanda notre déjeuner. Le coup dur. J'étais prête pourtant. Elle ne tint pas à reprendre une date tout de suite, mais j'insistai et obtins un café chez elle le samedi 17 mai. Tant pis, je patienterais malgré le supplice que cela représentait pour moi. Je n'avais pas le choix.

Chapitre 32

Le 15 mai, je revis Geneviève Delaisi. Elle m'aida à remettre les choses en place, m'intima d'y aller *mollo* avec ma cousine, de ne pas me presser pour connaître l'identité de mon père biologique, me répéta qu'elle pouvait nier en bloc. J'étais prête à me laisser abattre.

Ce soir-là, un cousin organisait le vernissage de son exposition de photos. Je caressai l'espoir d'y croiser ma « cousine-mère » et emportai mes questions avec moi, dissimulées au fond de mon sac à main. Elle était là, parmi les invités, mais ses premières paroles s'employèrent à reporter notre café au samedi suivant car elle avait la fête de l'école d'un de ses fils. C'en était trop. Je pris mon courage à deux mains et l'invitai à dîner, là, tout de suite. Elle déclina, était fatiguée, il était déjà tard. J'insistai lourdement. Elle accepta, puis refusa à nouveau. Je lui dis de me faire confiance, qu'ainsi, ce serait fait et plus à faire. Encore non. Je lui proposai alors d'aller boire un verre dans un café à côté. Vingt minutes. Elle me suivit enfin.

Je ne me rappelle plus du trajet à pied ni du bar où nous avons atterri. Je ne regardais qu'elle, le reste, tout autour, avait disparu comme dans une forêt envahie par la brume. J'attaquai directement mes questions sur la maladie puis la mort de Sophie. Elle me donna sa vision : elle n'aimait pas ma sœur qui avait été élevée à l'écart ; maman avait menti à papa et à toute la famille ; pour elle, c'était une tante extravagante, un peu mytho ; l'enterrement avait été très émouvant, mais tante Simone avait rabattu le caquet de Jeanne qui s'affairait à placer les gens dans l'église. J'imaginai parfaitement ma mère, et compris qu'elle avait fait ça pour noyer son chagrin. Être dans l'action et le concret, le bassement matériel, pour ne pas réfléchir, ne pas tomber par terre, rester debout et aller de l'avant, je connaissais bien le processus.

Puis ma cousine en vint au sujet central. Maman voulait clairement adopter. Mon cœur se mit à battre la chamade. Et je me lançai dans la révélation que j'avais tant préparée. Lentement, le plus calmement possible. J'expliquai à ma cousine que je connaissais l'identité de ma mère, comment je l'avais appris, par Marc, ma marraine, mes beaux-parents. Je lui donnai les indices que maman m'avait fournis lorsque j'étais jeune, aussi. J'avais du mal à parler, les mots ne sortaient pas bien de ma bouche. L'émotion me privait d'oxygène. J'en vins enfin à lui détailler la conversation que j'avais eue avec Marc, presque deux ans plus tôt, et finis sur elle. Silence radio. Elle semblait étonnée, choquée aussi. Elle ne s'attendait pas à ça. Puis sa première réaction fut de traiter Jeanne de folle et de mythomane. Puis de m'avouer qu'elle n'avait embrassé un garçon qu'à l'âge de dix-huit ans et couché bien plus tard. Que je pouvais aller voir son médecin qui me prouverait que son fils aîné était son premier enfant. Que je pouvais aller vérifier au lycée qu'elle fréquentait, parce qu'elle n'avait pas manqué un seul jour de classe entre septembre et novembre 1969.

Elle devina enfin que je cherchais à savoir qui était mon vrai père et me révéla, à son tour, qu'une rumeur circulait dans la famille depuis toujours, selon laquelle je serais peut-être la fille d'un des fils aînés de tante Simone. Elle n'en savait pas plus.

J'étais à terre, accablée, les yeux embués, le souffle coupé. La mine avait sauté. Elle était désolée, et je la crus sincère. Elle me proposa un test ADN la semaine suivante car elle devait faire une prise de sang. Me dit qu'elle n'aurait jamais abandonné un enfant, même à seize ans. Elle était embêtée à l'idée que toute la famille puisse penser que j'étais sa fille. Je la rassurai en lui disant que personne n'était au courant et que j'avais mis très longtemps à me décider à venir lui parler. Elle me proposa de m'aider à aller au bout de mon enquête. C'était sympa, j'y comptais bien. Et nous repartîmes vers la galerie, comme s'il ne s'était rien passé. Au revoir tout le monde, à bientôt.

Le lendemain, je me précipitai sur le téléphone pour appeler le fils aîné de tante Simone qui vivait en province, et y allai plus franco. Le rodage était terminé. J'avais l'intention d'accélérer et de rouler à fond pour démêler les nœuds de cette histoire insoluble. Il me certifia ne pas être mon père mais avoua qu'il avait des confidences à me faire. Il fallait que je saute dans un avion. Seule. Avec Lou. Avec Marc. Avec les deux. Ça lui était égal. J'ai commis l'erreur grossière de ne pas le faire. Je ne voulais tout simplement pas laisser ma fille. Elle n'avait que seize mois, toute séparation était vécue comme une déchirure, et j'avais toujours aussi peur qu'il lui arrive malheur en mon absence.

Le même jour, mon oncle et ma tante vinrent boire un verre à la maison. Ils ne tenaient pas à rester dîner, je ne m'obstinai donc pas. Ils écoutèrent patiemment mon récit jusqu'au bout, très surpris que maman ait pu révéler que ma mère était cette cousine-là. Ils la voyaient beaucoup à l'époque, se seraient aperçu qu'elle était enceinte. Puis ils m'informèrent eux aussi de la rumeur qui s'était propagée chez les L. Elle était apparue lors de mon adoption, générée par plusieurs éléments. Un : il paraissait impossible que Jeanne, alors âgée de quarante-neuf ans, ait pu adopter un enfant aussi jeune et en si peu de temps. Deux : tante Simone racontait à tout va que maman lui avait rendu un immense service. Trois : les deux fils aînés de Simone venaient régulièrement habiter chez Jeanne. Le plus plausible semblait, selon eux, qu'il s'agisse de l'un d'eux qui aurait donc engrossé une jeune fille qui aurait accouché dans le secret. Voilà où j'en étais.

Plus tard, je regagnai mon lit encore convaincue que j'avais bien du sang L., me raccrochant à cet espoir comme à une bouée de sauvetage qui me permettrait d'atteindre la rive opposée sans couler. Je venais d'achever une lettre pour ma cousine destinée à lui faire avouer le fait qu'elle était ma mère, si elle l'était vraiment.

Elle m'appela dès qu'elle la reçut. Ce n'était pas elle. Elle me convainquit à quatre-vingt-dix-neuf pour cent, repartit à la charge sur le test ADN, en avait parlé à toute sa famille proche, en voulait à Jeanne au plus haut point. Je lui rétorquai que maman pouvait avoir eu des raisons de faire ça : me protéger, me rapprocher de la famille et d'elle en particulier, pour que je ne reste pas seule après sa mort. Cerise sur le gâteau, elle avait joint ma marraine, avait hurlé au scandale, l'accusant de vouloir « foutre la merde ». Elles venaient de se brouiller à mort.

Après avoir raccroché, je me plongeai dans les correspondances de Jeanne le restant de la journée et lus tout ce qui venait de tante Simone et de ses enfants. J'y découvris ainsi que maman avait en fait aidé à faire soigner l'aîné, mais que, apparemment, l'histoire s'arrêtait là. Je venais de tomber sur ce qui avait déclenché la rumeur. Ça n'avait rien à voir avec moi. Point final. J'étais dépitée, déprimée, épuisée nerveusement. Avec l'impression de revenir à la case départ. Je n'avais fait que suivre une fausse piste après l'autre et encaissé des déceptions amères. J'étais au bord du gouffre.

Chapitre 33

Les résultats du test ADN nous parvinrent par courrier. Ma cousine n'était pas celle que j'avais cru être pendant près de deux ans. L'ascenseur me renvoyait cette fois au dernier sous-sol jamais atteint car j'avais conservé une infime bribe d'espoir en pensant que peut-être, son esprit avait effacé cet épisode-là de sa vie, trop dur, trop douloureux, et qu'elle n'avait plus aucun souvenir d'avoir eu un enfant en 1969.

Mais je ne sais par quel miracle, sans doute celui de regarder ma propre fille grandir et s'éveiller sous mes yeux, je repris confiance et mon enquête administrative à bras-le-corps.

J'écrivis au conseil général de l'Essonne pour leur signifier mon souhait de consulter mon dossier pédiatrique – supposé être conservé pendant soixante-dix ans –, le dossier médical de ma mère biologique et le procès d'abandon. J'arguais le fait que j'avais des problèmes sanguins inexpliqués et désirais connaître mes antécédents médicaux. Ça aiderait peut-être. On ne savait jamais. Mais cette lettre, comme le reste, demeura sans réponse.

Je repris lentement le cours normal de mon existence, avec en tête de poursuivre la recherche à condition que ça aille vite, et de laisser tomber dans le cas contraire. Bouffée malgré tout par l'injustice d'être née sous X, avec l'impression d'être une marionnette articulée avec laquelle trop de gens jouaient et manipulaient sans se rendre compte qu'elle pouvait avoir des sentiments humains. Remettant les compteurs à zéro après avoir cru savoir de longs mois qui était ma génitrice. Reprenant ma liberté en somme, celle qui avait toujours fait ma force, celle de n'être reliée à personne par le sang, si ce n'était désormais avec ma petite Lou.

Je finis par couper les ponts délibérément avec ma cousine et ma marraine. J'avais versé trop de larmes, devais récupérer mon souffle vital, dépasser tout ça, l'oublier aussi pour en sortir plus solide qu'avant. Je le devais à ma propre famille, celle que j'avais construite. Mais j'étais révoltée contre le mensonge et les secrets de filiation. Ils allaient constituer des sources idéales d'inspiration pour écrire. Et je m'y attelai en démarrant une sorte de conte de fées intitulé *Le trésor de la chambre bleue* qui débutait par la description des onze petits lits d'un orphelinat, se poursuivait par celle du douzième installé secrètement à l'écart par la directrice en mal d'enfant, pour finalement s'arrêter net au moment des vacances. Dans la même veine, ma seconde « œuvre » inachevée fut *Le testament rouge*, comme la première, laissée en plan du jour au lendemain. J'y avais prévu de me raconter plus jeune puisque personne ne pouvait plus le faire, pour laisser une trace. Mais je n'y parvins pas mieux que la fois précédente et m'arrêtai dans mon élan dès la vingtième page. Je n'avais probablement pas assez de recul à l'époque, c'est ce que je crois aujourd'hui.

En attendant de me remettre sur de bons rails et dans ce but, nous décidâmes avec Marc de nous lancer dans le projet – oh combien accaparant – d'un autre enfant. Lou avait passé le cap des deux ans et nous comblait de bonheur. Il était temps d'envisager de lui offrir un petit frère ou une petite sœur. Pour moi, il s'agissait de construire la famille idéale de mes souvenirs d'enfant, lorsque je partais en vacances chez les Rossi ou m'incrustais, le temps d'une journée ou deux, dans une famille ordinaire. Ordinaire mais belle, stable, enjouée, avide de sorties et de voyages, de rires et de joie. Exit le schéma de mes parents qui s'étaient entredéchirés et m'avaient laissée meurtrie, paumée, puis orpheline. L'ombre de cette famille-là ne planait alors plus sur moi comme elle l'avait fait durant les années qui avaient suivi la mort de Jeanne. Trop de belles choses s'étaient passé pour que le spectre de leur histoire ne vienne encore rôder. J'allais faire à ma façon et réussir. Ma vie n'appartenait qu'à moi. J'en étais certaine.

La rage d'atteindre le bonheur comme on veut décrocher la lune dans le ciel avait à nouveau envahi tout mon être et je fus enceinte dès l'arrivée de l'été. Cette rage féroce entraînait une énergie débordante qui ne demandait qu'à être exploitée. Je pouvais déplacer des montagnes, car tout au fond, j'étais très en colère. Mon enquête n'avait finalement abouti qu'à de sombres impasses et je ne voulais plus en entendre parler sous quelque forme que ce fût.

Je me remis à l'écriture en rédigeant de courtes nouvelles centrées sur le thème du mensonge et de la filiation et m'activai joyeusement à préparer l'arrivée du bébé tout en dirigeant des travaux pour déplacer notre cuisine près du jardin. La grossesse ne ressembla en aucun point à la première. La routc avait été tracée et je savais à quoi m'attendre. J'arrêtais enfin de toujours penser au lendemain et me concentrais sur le présent. J'étais presque sereine et me gavais beaucoup moins de sucreries et de chocolats, toute accaparée par une ribambelle de desseins et d'activités. L'échographie était formelle. Nous attendions une seconde fille.

Chapitre 34

Nous étions un mercredi du mois de mars 2004. C'était le soixante-septième anniversaire de Dad, mon beau-père. J'étais entrée la veille à Port Royal, toujours considérée comme une grossesse à risque avec mes plaquettes basses ; mais cette fois, on avait décrété que je procéderais naturellement, sans aucune anesthésie, pour éviter l'hémorragie. Je m'en sentais le courage ; Dina avait bien mis au monde ses quatre enfants chez elle et de toutes façons, c'est comme ça que l'on faisait avant que la péridurale existe.

Les contractions se rapprochaient d'heure en heure. Je mourais d'impatience de faire connaissance avec mon bébé. Il faisait encore nuit lorsqu'une interne fit irruption dans ma chambre et me somma de me tartiner le corps de Bétadine avant de grimper sur le chariot. Il fallait faire vite. J'étais estomaquée. Elle m'informa succinctement que ma cicatrice en *T* allait se déchirer et déclencher une catastrophe. En gros, l'enfant serait sauvée mais j'allais y passer. Sans cette jeune femme, je ne serais donc plus là. Il fallait réagir. Je tentai par tous les moyens de joindre Marc, qui devait encore dormir aux Gressets, en vain, et lui laissai un message, complètement affolée de ne pas entendre sa voix avant de me faire charcuter. J'étais encore toute seule dans ma détresse, mais me ressaisis et partis vers le bloc sur mon lit-roulant, un grand sourire aux lèvres, bien déterminée à ne pas me morfondre par ce changement subit de programme et presque soulagée d'échapper à la perspective peu engageante de devoir pousser, gémir, transpirer, haleter comme un chien et souffrir pendant les heures qui allaient suivre.

Lorsque j'ouvris les yeux sur Hermine, ce n'est plus moi que je vis, le nourrisson frêle et abandonné dont on n'avait pas voulu en novembre 1969, mais un beau bébé joufflu, paisible, serein, vêtu d'une simple couche, les minuscules bras en croix. Marc se tenait à nos côtés, lui caressait une joue, souriant, ému aux larmes. Ma cicatrice se faisait à peine sentir et me permettait déjà de m'asseoir. Mon corps se souvenait de la première fois et n'était pas aussi traumatisé. Tandis que trois ans avant, je n'avais pas remis un pied devant l'autre ni traversé le couloir avant le sixième jour au moment du départ, cette fois je sortis en trottinant pour fumer une cigarette devant l'hôpital le soir-même, un signe d'excellente forme chez moi.

Les gestes délicats à reproduire, les mille et un soins à prodiguer à un nouveau-né, la façon de porter, de dorloter, de coucher, de nourrir, de laver ce petit corps, de l'envelopper de vêtements de poupée, d'apaiser ses pleurs par une chanson douce et surtout d'aimer à la folie, rien de tout ça ne m'était plus étranger. J'étais entraînée et connaissais les erreurs à ne pas commettre. Lou avait débroussaillé l'immense jungle qu'est la maternité, essuyé les plâtres comme on dit, à ses dépens.

Elle déboula dans ma chambre comme une furie dans l'après-midi, avec ses grands-parents Mika et Dad, surexcitée de découvrir et pouvoir tripoter sa sœur. Mais très anxieuse à l'idée de ne plus être l'objet exclusif des attentions familiales. Cela faisait plus de trois ans que je la couvais et qu'elle était au centre-même de nos existences. Comme tout enfant aîné, elle aurait aimé être unique. La naissance d'Hermine était une intrusion et venait de lui claquer la porte au nez. Elle tombait de haut. Je fis tout ce qui était en mon pouvoir pour la rassurer, l'entourer, la couvrir d'amour, mais rien n'y fit. Elle avait bien compris qu'un cap était franchi, qui allait lui gâcher la vie. Je la voyais, la sentais souffrir, là devant moi. J'étais en fusion totale avec ma fille aînée, impuissante et affaiblie que j'étais, comme écartelée entre mes deux enfants, et me mis à pleurer à chaudes larmes, comme pour partager sa souffrance, lui offrir mon empathie émotionnelle et essayer d'alléger ce poids intolérable de voir son existence basculer, parce ce que je l'avais vécu à ma manière et en avais tant souffert.

Longtemps après leur départ, je continuais à sangloter, inconsolable, seule avec mon bébé docile et endormi qui, à ce moment-là, semblait bien plus solide que moi.

Chapitre 35

Je me suis mise à faire le roc, le bulldozer. La femme et mère indestructible qui prend tout en charge, même quand les paquets sont trop lourds, sans jamais ployer. J'estimais que c'était ma mission puisque je ne travaillais plus et avais eu l'accord de Marc pour maintenir la nounou en place afin de ne pas entraver ma sacrosainte liberté.

Je suis ainsi devenue général des armées, capitaine de frégate, pirate des Caraïbes, mercenaire de famille, chef d'un orchestre philarmonique de renommée départementale et président de notre micro république. Plus aucun projet ne m'était impossible. Cet adjectif était banni de mon vocabulaire. Le bonheur d'avoir réalisé mon vœu de famille ordinaire et idéale me montait à la tête. J'avais le melon, comme un homme d'affaires parvenu qui patauge dans son succès, son pouvoir et son fric. Je n'étais plus en colère, non. L'histoire de mes origines était enterrée. Je n'avais même plus peur bien que j'aie continué à prendre un tas de précautions, souvent superflues, pour ce qui concernait la santé et la sécurité de mes filles, surtout par habitude. Mais une certaine passion, une sorte d'énergie vitale et incontrôlable continuait de me pousser vers l'avant, pour consolider notre tribu, la protéger, l'animer de projets enivrants, la maintenir sur son cap et qu'elle rejoigne le firmament.

Il manquait encore quelques éléments pour que notre famille reflète l'image parfaite que j'avais élaborée. À commencer par un lieu de vacances stable, un ancrage dont je n'avais jamais bénéficié petite, un point de repère où créer nos souvenirs de famille et une vie parallèle, chaque été, année après année, un refuge aussi, où se tapir si nous en venions, un jour, à ne plus tourner rond. Marc et moi étions parfaitement synchrones et partagions la même envie au même moment. Et c'est sur l'île de Ré, à l'automne, que nous jetâmes notre dévolu, grâce à la vente du studio de papa de la rue du Pot de Fer et un emprunt de Marc à sa banque. Une modeste maison de pêcheurs colonisée par les termites, gorgée de plomb et d'amiante, inhabitable en l'état tant elle croulait sous la saleté et la ruine, mais dont le jardinet tout en longueur pointait vers le Sud, tout au bout du village du Bois-Plage.

Pour me prouver à moi-même que je pouvais encore prendre des décisions en solitaire, je décrétai dans la foulée que je souhaitais mettre en vente les Gressets. La maison de mes parents, de Sophie, de mes fêtes mémorables du temps des *Bains Couettes*, de Kulu, de mon oncle et ma tante, de

Fabrice et Albane aussi qui y coulaient, comme nous depuis quatre ans, des jours heureux. Je convainquis Marc du bien-fondé de ce revirement majeur, en avançant que la maison était trop lourde à entretenir avec son jardin, sa piscine, ses vieilles fenêtres, ses trois étages dont l'un était loué de surcroît, ne nous laissant pas les mains libres pour agir si nous souhaitions vivre ailleurs. En poursuivant par le fait qu'adolescente, j'avais trouvé malheureux d'habiter loin de Paris où tout se passait et que j'avais fui la maison à l'âge de dix-neuf ans. Et surtout, j'anticipais la probabilité d'une prochaine expatriation, car Marc avait coché la case mobilité avec mon assentiment. Mes antennes intuitives étaient en marche et ne nous trompèrent pas. Fabrice et Albane nous en voulurent, comme mon oncle et ma tante dix ans plus tôt, de les pousser dehors contre leur gré. Mais la décision était prise et irrévocable.

J'étais montée sur un ressort et avant que l'année 2004 s'achève, j'avais trouvé notre logement de remplacement à Suresnes, dans le *village anglais*, à quelques pas de la Seine. Évidemment ça nous faisait un sacré changement. Plus de jardin, plus de cèdres du Liban et d'allée de plantes odorantes, plus de pelouse à tondre aux beaux jours ni de rosiers à tailler, plus de copains à inviter tous les week-ends pour lézarder au soleil ou se réchauffer devant un bon feu de bois. Mais des cafés, des commerçants, un cinéma et un marché dans un rayon de cent mètres. Et le Bois de Boulogne juste en face. Je me voyais déjà, derrière la poussette, me promener d'une boutique à l'autre, sans même prendre la voiture. Depuis que j'avais des enfants, gagner du temps était une obsession. Je pourrais retravailler plus facilement, les courses ne seraient plus un problème. Je signai la promesse de vente chez mon notaire le 30 novembre. Coïncidence ou pas, c'était le jour de mes trente-cinq ans.

Pendant ce temps, les filles se développaient et Hermine n'avait d'yeux que pour Lou qui représentait un modèle absolu dans son petit univers. Celle-ci avait fini par ravaler son amertume de ne plus être l'enfant unique et choyée de ses trois premières années et se fichait royalement du bébé incapable de marcher, manger toute seule ou se laver, et encore moins de l'imiter, qu'était sa sœur. Elle avait pris le parti d'être libre et savourait les moments où elle avait le droit de faire quelque chose qu'Hermine n'avait pas, comme regarder un dessin animé à la télévision, monter sur le dos d'un poney ou faire des galipettes au parc. De mon côté, je n'avais pas une minute pour broyer du noir ni redouter un accident, entièrement happée pour nos quatre projets immobiliers menés de front, à toute vitesse, dans une totale frénésie. Si mes souvenirs sont exacts, c'est à cette époque que je commençai à boire du vin régulièrement, tous les soirs, pour me donner du peps, lâcher enfin un peu, mettre les soucis et les listes de côté, et m'endormir, un peu plus tard, en toute quiétude dans les vapeurs d'alcool et les bras de mon mari.

Chapitre 36

Un jour de janvier 2005, autour des quatre ans de Lou, Marc m'appela du bureau et me demanda si j'étais assise. Une proposition d'expatriation venait de tomber. Nous en avions maintes fois discuté, haussant la voix, enchaînant les cigarettes blondes, imaginant tous les *scenarii*, impatients l'un comme l'autre de voguer vers d'autres horizons et nous imaginant avec nos deux petits poussins vivant sous les tropiques ou dans une grande métropole où l'on ne parlait pas le français.

Le tour du monde, nous l'avions fait cent fois, des soirées entières, été comme hiver. C'était pour ainsi dire notre sujet favori, celui qui nous amusait et nous enflammait sans doute le plus, une fois que nous avions éclusé celui des enfants et celui des maisons. Certaines villes, voire des régions ou des pays entiers, avaient ainsi été arbitrairement rayés du globe terrestre, d'autres envisagés avec moult réserves, d'autres encore avaient suscité des débordements de joie et des échanges de paroles incandescentes. Mais notre vaste catalogue n'avait jamais vanté les charmes insoupçonnés d'Atlanta. Nous n'y avions tout simplement pas pensé, car ce n'était pas une capitale où les gens rêvent d'habiter. Scarlett O'Hara, CNN, Coca-Cola ni même Martin Luther King ne suffisaient pas à en faire un lieu incontournable de notre belle planète.

Tout ceci ne nous empêcha en rien d'y être heureux. Très heureux même. Deux belles années qu'on aurait voulu voir se multiplier à l'infini. Mais ce n'était pas une question de géographie, mais bien une pure question d'histoire et d'état d'esprit. Nous aurions finalement pu partir vivre n'importe où, je crois, tant l'équilibre de notre petite famille était là, à portée de nos mains.

Notre départ donna un sens à la vente des Gressets qui me broyait le cœur bien que je n'en aie rien montré, dissimulée derrière le masque lisse de roc inébranlable que j'aimais porter. Avant de remettre les clés, j'avais astiqué la maison des jours durant pour qu'elle brille et sente bon, ma façon à moi de faire mes adieux à ce qu'il me restait de mes parents. Cette maison était le dernier fil rouge qui me reliait à eux, le berceau de leur amour, la grotte de leurs souvenirs. J'allais bâtir les miens, différemment, loin de leur regard pourtant bienveillant. Ce fut une véritable déchirure. Mais je me sentais alors assez forte pour continuer sans aucune protection, comme en sécurité, bien au chaud, calée entre Marc et nos filles.

Chapitre 37

Atlanta, avec ses demeures coloniales, ses gospels le dimanche, ses parcs où le gazon s'étend à perte de vue, ses arbres démesurés peuplés d'écureuils et son optimisme contagieux, nous déroula le tapis rouge. La vie y était douce, c'était le sud des États-Unis, sensuel et langoureux, au ciel bleu dur permanent, à l'été indien somptueux. En Géorgie, rien ne paraissait impossible et tout était *great*, invariablement. C'est comme si les gens avaient le bonheur dans la peau. Ça faisait du bien, même si, parfois, ça sonnait un peu faux.

Marc grimpa les échelons et les passerelles d'avion, instaurant des plannings rythmés par nos séparations. À l'époque, elles étaient encore brèves.

De mon côté, je me reconvertis aux maisons comme par regret ou pour me faire pardonner d'avoir vendu celle de Jeanne et d'Arnoux. L'immobilier devint une idée fixe, une passion s'il en est, mon dada rien qu'à moi. En écrivant des articles, j'étais partie des centaines de fois, fleur au fusil, à la recherche d'informations, d'adresses, de têtes bien faites, de lieux cachés, pour les transcrire et les transmettre. En me spécialisant dans l'achat de biens immobiliers, je me mettais en quête d'un cocon protecteur, d'un ventre maternel, d'un utérus géant. Pour apporter aux autres ce qui me manquait à moi. Ça procédait de la même veine. Mon travail, finalement, avait toujours consisté à glaner des renseignements, des solutions, des boucliers contre l'abandon et la solitude dévastatrice dans lesquels j'avais été immergée au cours de mon histoire. Je n'y mettais pas autant de persévérance et d'obstination par hasard.

Mon activité professionnelle avait d'autres atouts non négligeables dont celui de garantir la liberté sans laquelle je me sentais emprisonnée. Après avoir perdu ma mère, j'avais fait rimer seule avec libre et c'est ce qui m'avait sauvée. Une simple perception des choses.

La deuxième année, je regagnais dès huit heures du matin l'agence Keller Williams que j'avais choisi d'intégrer essentiellement pour sa patronne qui me rappelait Anne et *Atmosphères*. Janet Bond était une femme un peu ronde d'une cinquantaine d'années, brune aux yeux bleus, à la fois maternelle et pleine de poigne. Une femme de caractère comme je les adulais, qui me rassurait et me poussait à me dépasser et à me faire confiance. Une autre Anne, une autre Jeanne. Mon espace privé se résumait à deux mètres carrés en *open space* mais cela suffisait à combler mon besoin maladif d'indépendance. Mes premiers clients, je les dénichai comme une grande en un temps record. Ils n'avaient jamais vu ça à l'agence, j'étais flattée. Les suivants m'arrivèrent par les relations de Marc. La plupart devinrent des amis. J'étais aux anges, confiante dans mes capacités d'apporter quelque chose d'essentiel dans la vie de gens extérieurs à ma famille. Bien sûr, ce n'étaient pas mes maigres rentrées d'argent qui pouvaient nous entretenir, mais mon job avait le mérite de me faire vivre plus qu'exister, et de m'assigner un rôle autre que ceux – qui ne me ressemblaient pas – de mère au foyer ou de femme d'expat.

Aux États-Unis, mes rapports mère-filles évoluèrent sensiblement. Lou et Hermine grandissaient à l'ombre des chênes centenaires et ne jouaient plus qu'en anglais. J'avais enfin lâché la bride à mon aînée et la laissais vagabonder et batifoler à sa guise sans plus redouter l'accident fatal à chaque angle de rue. C'est Hermine qui hérita de mes angoisses intérieures, car elles étaient encore là malgré les apparences, souvent trompeuses. Madeleine Vincente était tapie dans un recoin de mon cerveau, et déversa sur la plus jeune de mes enfants une sorte de venin fait de peurs incontrôlables que je déguisais maladroitement en attentions maternelles. Ce phénomène naquit à Atlanta, mais s'amplifia par la suite. Il allait durer près de dix ans, et générer chez moi un stress permanent et dans l'esprit d'Hermine, une forme d'emprisonnement. À l'école des mamans, je n'étais définitivement pas en tête de classe.

Quand l'heure du retour en France sonna, j'étais au garde-à-vous. Je remballai nos cinquante mètres cubes d'affaires comme on rembobine une cassette dans un vieux magnétophone. Avec l'espoir qu'il fonctionne encore longtemps pour continuer à nous faire danser.

Chapitre 38

Les sept années suivantes s'écoulèrent à Suresnes dans la maison de ville en briques, toute en étages, que j'avais achetée en vendant celle de Jeanne et d'Arnoux. Une locataire toxique – la veuve d'un chanteur connu – y avait vécu pendant notre absence, nous avait laissé des impayés et presque tout saccagé. Nous avions restauré les lieux, à distance, sans bien savoir où nous mettions les pieds. Pour nous, il s'agissait du centre animé d'une ville de banlieue dont nous ne connaissions rien ni personne à part mes cousins qui avaient emménagé avec leurs trois enfants pile en face de chez nous, pile au même moment. Une aubaine.

Ça me prit de longs mois, voire des années, avant de considérer cette maison comme la mienne et l'adopter, malgré l'opiniâtreté que je mettais à la décorer. À bien y réfléchir, j'aurais préféré rentrer chez mes parents aux Gressets, pour trouver du réconfort, me sentir en sécurité, me faire papouiller par les souvenirs, les odeurs, les sons, les voisins comme Gina que je connaissais par cœur et aimais, mais ce n'était plus possible, bien sûr. Je récoltais ce que j'avais semé. Il fallait me lancer dans cette nouvelle vie avec entrain et énergie, ce que je réussis à faire malgré tout.

Mes filles m'y aidèrent sans le savoir. Les dix premières années sont les temps bénis où la mère est une reine indétrônable pour ses enfants ; où elle est capable de susciter les rires et les larmes, de convoquer la pluie et le beau temps, d'inviter des croissants de lune et des étoiles filantes à sa table ; où ses petits se blottissent contre elle et la chérissent au-delà de tout entendement. On parle de fusion : c'est volcanique.

C'est l'âge aussi où le papa perd de son aura et de son importance auprès de son épouse toute dévouée à la maternité, car ses sentiments sont soumis à certaines conditions, variables d'un couple à l'autre. Dans la balance, certains pères pensent ne plus faire le poids et n'ont d'autre solution que de s'engouffrer dans un tunnel pollué comme l'alcool ou le jeu, une voie parallèle plus respirable comme le sport ou le travail, ou plus simplement, un autre ventre, d'autres seins, plus accueillants, plus avenants. Marc ne fut pas tenté par l'infidélité mais se consacra à son job dont les responsabilités avaient pris de l'ampleur et l'emmenaient de plus en plus souvent ailleurs, loin de moi, loin de nous. Or, je n'en souffrais pas encore ; j'étais portée aux nues par mes filles, admirée, respectée, suivie comme un chien d'aveugle, obéie le plus souvent. Cette confiance à toute épreuve et cet amour-là me donnaient des ailes, me nourrissaient à eux seuls car ils étaient inconditionnels comme l'avaient été ceux de Jeanne. Il n'est pas surprenant que certaines femmes prennent ça pour une drogue et ne s'arrêtent plus de procréer, tant cela fait de bien. Ils me faisaient me lever tôt le matin et me mettre en quatre pour leur faire plaisir, les éveiller, les faire se tordre de rire, les guider, mais aussi décorer la maison ou prévoir tout un programme. Mais surtout, ils m'empêchaient de me retourner pour vérifier que je n'étais pas suivie. Non que je craigne d'être attaquée par un timbré prêt à m'égorger ou me dévaliser. Celle que je redoutais le plus, c'était Madeleine Vincente. Alors je la fuyais, en fonçant droit devant.

C'est ainsi que le roc fit son grand retour pour enfouir les émotions qui tambourinaient de plus en plus fort à sa porte. Je n'avouais mes faiblesses qu'en réclamant que l'on se rende à Lorgues, peu après notre retour de l'étranger, pour que je me recueille sur la tombe des Monteynard. L'occasion de rendre une visite à Dina qui vivait à Toulon et me berçait de mots doux et rassurants en me parlant de Jeanne.

Je ne mis pas longtemps à monter ma propre société de chasse d'appartements. Plus qu'une simple activité, elle constituait mon assurance-vie et j'y appréciai d'être seul maître à bord. Je prévoyais déjà l'adolescence, puis le départ de nos filles, qui, je le savais bien, allait m'anéantir. Il n'était pas question de rester alors les bras ballants, à ruminer leur départ déchirant, à subir l'absence terrible, progressive puis définitive, de mes deux princesses, tandis que mon mari continuerait à courir le monde d'une réunion à l'autre, happé par des affaires aux enjeux colossaux. Ça s'anticipait, ça s'organisait, cette souffrance-là. Alors oui, en dépit de son caractère ultra confidentiel, ma petite entreprise était vitale à mes yeux. Un gilet de sauvetage pour mère-poule en détresse, un bébé de substitution qui remplacerait le troisième que j'avais décidé, en en parlant à peine à Marc, de ne pas concevoir parce qu'à trente-huit ans, je m'estimais trop fatiguée. Le temps des illusions était bien révolu.

Chapitre 39

Ces années-là, j'ai longtemps recherché l'équilibre sans vraiment le trouver. Seulement par bribes, par moments, comme des instantanés qu'on voudrait fixer pour l'éternité et inscrire de manière indélébile dans nos précieux albums de souvenirs. La barre était trop haute après l'époque d'Atlanta où, sur la courbe du bonheur, je crois que nous avions atteint le sommet. Depuis, j'avais parfois l'impression que nous dégringolions la pente en courant sans pouvoir ralentir, à travers des pâturages pas toujours bien verts, souvent glissants, dangereux en tout cas. L'accident pouvait intervenir à tout moment et bouleverser nos existences fragiles. Cette conscience-là, que tout pouvait basculer du jour au lendemain comme dans le schéma de mes parents avec leur fille aînée Sophie, était l'une des raisons pour lesquelles je veillais nuit et jour, dormais peu, dévorée par l'angoisse qu'un malheur survienne au sein de notre famille et chamboule tout comme dans un jeu de quilles.

Alors j'attrapais le bonheur au vol à chaque fois qu'il se présentait, même discrètement, telle une gamine dans un manège où il y a un pompon qui monte et qui descend. Pendant nos soirées bien arrosées entre amis, pendant nos vacances à l'île de Ré où nous allions quatre fois par an pour sauter dans les vagues, déguster des glaces sur le port ou pédaler sur les pistes parmi les pins, les vignes et les buissons de sauge sauvage, ou à la montagne, certaines années. Je mettais toutes mes forces pour rallumer l'étincelle, mais ce bonheur m'échappait parfois et je nageais péniblement pour remonter à la surface. Or, je parvins une fois de plus à éviter la noyade.

Dans ce but, je m'essayai à un certain nombre de nouvelles techniques. Saisissant l'occasion d'un secteur immobilier au creux de la vague qui ne m'abreuvait pas assez en missions de recherches d'appartements pour remplir mon agenda, je me lançai dans l'apprentissage des patines de meubles et d'objets, dans un atelier de Neuilly, une manière comme une autre d'enjoliver frénétiquement tout ce qui me tombait sous la main, portes, lampes, tables, plateaux ou abat-jours, à Suresnes comme à Ré, à défaut de bien savoir enjoliver nos vies. Une fois que j'en eus fait le tour, je me mis à la peinture décorative et coloriai des toiles à longueur de journée. Puis je tombai, avec excès, dans le jogging matinal qui se solda, au bout de neuf mois, par une nuit à l'hôpital Foch parce que mon bras gauche s'était raidi à plusieurs reprises et que j'avais eu du mal à respirer. Comme pour me dire : « arrête de courir, prend le temps de comprendre, de réfléchir, de faire le point sur ce qui s'est passé et que tu n'as pas digéré ». Après examen, il n'y avait rien à signaler. Évidemment. Tout était dans la tête, mais je l'ignorais et ne voulais tout simplement pas me retourner ni faire mon examen de conscience.

Puis, comme par enchantement, nous réussîmes à rebondir comme sur un trampoline. J'avais redemandé à faire un saut à Lorgues pour reprendre une bouffée d'air, puis passer voir Dina qui avait franchi la barre des quatre-vingt-dix ans et commençait à peine à avoir du mal à s'endormir, de crainte de ne pas se réveiller le lendemain matin. Elle était un modèle de sagesse, de douceur et de simplicité, et je la voyais toujours avec mes yeux d'enfant, écarquillés devant tant de beauté intérieure.

Mes quarante ans sonnèrent et l'heure fut à la fête, suivie de près par nos dix ans de mariage, célébrés en dansant jusqu'à l'aube avec nos meilleurs copains. Le vieux magnétophone fonctionnait encore...

La même année, je pris la décision de me passer une fois pour toutes de l'aide d'une jeune fille afin de consacrer mes fins d'après-midi à Lou et Hermine, comme dans l'image d'Épinal de la famille idéale qui m'avait toujours obnubilée. Mon activité professionnelle me le permettait. Nos conversations avaient pris de la hauteur même si nous continuions à faire les pitres ; elles comprenaient beaucoup de choses avant l'heure, étaient brillantes en classe et gaies comme des pinsons dans la volière que je m'employais à créer. Je voulais les voir finir de grandir avant qu'elles ne quittent mes jupons, profiter de ces dernières années avec elles que je savais magiques et qui allaient me filer entre les doigts comme de l'eau de source.

Les dix ans de Lou m'ébranlèrent toute entière. Mon bébé n'en était plus un. Mon anxiété se mit à croître à nouveau, focalisée sur l'envol prochain, inexorable, de mes filles adorées, et je la reportai sur Marc qui, en voyageant de plus en plus, faisait naître chez moi des pensées morbides liées à l'abandon. Je les repoussais comme je pouvais, maladroitement, en m'en prenant à mon entourage le plus proche, en étant sèche, froide, agressive, à coup de critiques et de reproches. Mais ce n'était pas la bonne méthode.

Chapitre 40

Nos filles avaient hérité d'allergies du côté de Marc tandis que du mien, elles semblaient condamnées à être de petite taille, mais je me disais qu'elles ne le vivraient peut-être pas aussi bien que moi.

Le jour où le service endocrinologie de Necker nous convoqua pour proposer à Lou un traitement long et lourd, sur plusieurs années, à coup d'injections quotidiennes, pour remédier à ce handicap, fut la goutte de trop. La coupe était pleine. Je devais une explication à mes filles, et pour cela, repartir sur la piste de mes géniteurs, pour au moins obtenir mes antécédents médicaux.

Je me rendis compte que j'en avais assez de ne pas savoir d'où je venais, quelle sorte de gens m'avait conçue, pourquoi, comment, quel sang – qui, en plus, présentait des signes de défaillance côté plaquettes – coulait dans mes veines, ce qu'on avait fait de moi avant de me confier à un orphelinat marseillais. Depuis 2003, dix ans étaient passés sans que je daigne m'en préoccuper. Les lois sur l'accès aux origines avaient évolué, j'aurais une chance supplémentaire.

Mais c'est aussi en reprenant la plume que j'allais vraiment me retourner et affronter cette Madeleine Vincente que j'avais trop longtemps négligée.

En ce début d'avril, les astres s'alignaient enfin indubitablement : Marc venait de prendre ses fonctions dans une nouvelle boîte et allait être débordé ; les filles étaient sur des rails entre l'école, leurs activités extra-scolaires et leurs copains ; et de mon côté, j'avais bouclé mes dernières missions immobilières sans qu'aucune autre ne se présente. La voie était libre pour me concentrer sur le mystère de mon histoire, ressortir les vieux cartons et les dossiers poussiéreux et reprendre le fil, à ma façon, sans l'aide de quiconque.

Parmi mes lectures assidues d'auteurs contemporains, plusieurs m'avaient récemment remué les tripes parmi lesquelles, sur le haut de la pile, *Rien ne s'oppose à la nuit* de Delphine de Vigan. Elle y racontait Lucile, sa mère. Ce fut ma première source d'inspiration. Jeanne représentait bien entendu un sujet formidable à elle seule. Sa vie avait été riche en hauts et bas qui donnent le tournis et le personnage était fantasque, atypique, extravagant. Elle ne pouvait que susciter de la compassion même si les jugements à son égard avaient été sans pitié. Mais je m'aperçus que je n'en connaissais réellement bien que vingt années sur soixante-neuf. Le colmatage des brèches menaçait d'être interminable et je préférais me lancer dans un sprint plutôt qu'un marathon. Qui plus est, trop de gens étaient déjà morts, trop de témoins avaient disparu et emporté, dans la tombe ou la fuite, les anecdotes les plus marquantes, les passages les plus poignants. Des jeunes années de maman, ne restaient que Dina et l'un de ses frères. L'oncle impardonnable était mort.

C'est en appelant Dina au téléphone avec ma liste de questions sur ma mère et son enfance que la conversation dévia tout naturellement sur mon cas. Que savait-elle ? quels indices pouvait-elle me donner ? C'est ce jour-là qu'elle me confia que tout ce qu'elle avait jamais su – ou pensé savoir – était que mon grand-père naturel m'avait personnellement emmenée à Marseille, à l'œuvre d'adoption, et qu'il s'agissait d'un haut fonctionnaire.

Et ça fit tilt dans ma tête. Je tenais mon sujet. J'allais inventer, sous forme romanesque, l'histoire qu'on ne m'avait jamais contée, remplir ces fameux trous qui me donnaient la nausée et le vertige, imaginer des personnages aux caractères trempés, brosser le portrait détaillé de cette mère inconnue, la faire vivre sur le papier. Le tout dans le cadre des années 1970 à 2000. J'étais comme une dingue, survoltée. Mon projet me passionnait déjà. Immédiatement, j'eus le désir – et le grand tort – de mettre la barre haute. Je voulais que mon bouquin coche toutes les cases. Ça devait être un best-seller, un pavé bien épais. Il devait contenir tout ce qui me faisait mal depuis si longtemps. Il devait être beau, riche, fourmillant d'idées et de détails piochés dans l'actualité, suivre un scénario bien ficelé, offrir une écriture fluide, contenir un suspens psychologique qui maintienne le lecteur en haleine.

Il devait arracher des larmes mais aussi faire rire et sourire. Bref, il devait être parfait. C'était bien ambitieux…

Chapitre 41

Je me mis à travailler dix heures par jour. Le cadre, que jusqu'alors j'avais maintenu sans rechigner, n'avait qu'à bien se tenir. Je demandai aux filles d'être un peu plus autonomes, et chaque matin, redoublai de vitesse pour ranger la maison, remplir le frigo, plier le linge et nettoyer ce qui devait l'être. C'était presque devenu accessoire. Mon projet engloutissait tout mon être. Il était urgent, dévorant, excessif. J'en parlais à qui voulait m'entendre, il ne quittait plus mes pensées ni le jour ni la nuit. Comme si plus rien n'avait d'importance, comme si ma survie en dépendait.

J'y mis toute mon âme et tout mon cœur, m'organisai savamment pour occuper les enfants aux vacances de Pâques, pour ne surtout pas les léser, ni les faire souffrir parce que leur maman avait la tête ailleurs, absorbée, toute entière accaparée. Je téléchargeai sur mes écrans des cartes heuristiques aux tons flashy pour y inscrire les centaines d'idées à la minute qui me montaient à la tête. Mon cerveau n'était jamais au repos, ne me laissait aucun répit, fonctionnait à deux cents pour cent, était prêt à donner le meilleur de lui-même.

À cette ébullition cérébrale intense se rajoutèrent l'envie et le besoin de lancer en parallèle une nouvelle enquête sur mes origines. Comme si je voulais mettre les deux projets en compétition. D'un côté je cherchais à dévoiler la vérité, de l'autre j'allais imaginer ce qu'on ne m'avouerait peut-être jamais, parce qu'il s'agissait d'un secret que je savais bien gardé. Dans tous les cas, j'étais gagnante. Et je me persuadai d'aboutir au moins à quelques maigres informations qui m'auraient apaisée. La couleur des yeux ou des cheveux de ma mère biologique, sa stature, ou bien même des éléments sur mon père, d'où il venait, son éducation, leurs pépins de santé.

Je commençai par lire toute la littérature spécialisée récente sur les naissances sous X et l'adoption, les témoignages multiples de gens abandonnés qui étaient parvenus à retrouver, ou même revoir, leur mère. Je me renseignai précisément sur les nouvelles lois, les associations, tombai sur des histoires scandaleuses – comme les montages financiers organisés par les œuvres – qui allaient à la fois nourrir mon roman et affoler mes espoirs.

Marc, qui saluait ma détermination et mon imagination florissante, me proposa très gentiment de mettre un détective privé sur le coup. J'hésitais. J'allais y réfléchir. Je voulais d'abord avancer toute seule, voir de quoi j'étais capable. Car bien sûr, la levée du secret me faisait autant peur qu'elle ne m'attirait. Je redoutais d'y déterrer l'impensable, l'inavouable, l'insoutenable.

Mes personnages prirent corps au fil des jours. Je leur attribuai des prénoms à coucher dehors pour les plus vieux, Fulbert, Céleste ou Pernelle, et des prénoms que j'avais toujours aimés pour les plus importants, Anaïs, Agathe, Lili, Roxane, Léon. Je leur inventai une histoire de A à Z, un parcours, des obstacles comme dans un jeu de petits chevaux, des dates précises et cohérentes. Ils se mirent à vivre autour de moi, à devenir presque réels, à la façon de *Pinocchio*. Au final, ça n'était pas si mal. L'intrigue était forte, truffée de rebondissements, d'attentats, de mensonges aussi.

Parallèlement, je recontactai, dix ans plus tard jour pour jour, ma maison d'adoption, déterminée cette fois à aller jusqu'au bout et envoyai au nouveau directeur, Christian Bruley, une lettre recommandée le priant de me faire parvenir une copie intégrale de mon dossier. Je saisis également le Conseil National pour l'Accès aux Origines Personnelles (CNAOP) créé par Ségolène Royal pour qu'ils instruisent mon affaire en leur faisant parvenir dès mi-avril une lettre de motivation, un questionnaire soigneusement rempli ainsi que mon acte de naissance et ma pièce d'identité.

Je rappelai la clinique des Vallées à Brunoy, et joignis même l'Ordre des Médecins pour encore essayer de mettre la main sur mon dossier pédiatrique, histoire de savoir au moins quel poids et quelle taille je faisais à ma naissance puisque le carnet de santé que j'avais conservé n'indiquait rien, et datait probablement du temps de Jeanne. Je me retrouvai, la plupart du temps, face à des portes de prison. L'accueil était glacial. Je ne pus rien en tirer.

Pour finir, je contactai le conseil général de l'Essonne. Corinne P., puis Claude L., reçurent ma demande à l'Aide Sociale à l'Enfance (ASE) qui remplace l'ancienne Assistance Publique ou encore la DDASS. Après de longues recherches à partir de mes trois prénoms d'origine – Madeleine, Andrée, Vincente – dans le fichier informatisé des archives, il n'y avait aucune trace de mon dossier. Claude L. m'appela longuement et me conseilla d'envoyer ma requête au conseil général des Yvelines, mais aussi à celui de Paris et des Bouches-du-Rhône. Les départements avaient subi des modifications, l'Essonne n'existait que depuis 1968 et faisait précédemment partie de l'ancienne Seine-et-Oise. Elle me confirma que les pistes avaient été brouillées, et trouvait étrange et douteux que, née en région parisienne, j'aie été envoyée à Marseille pour être proposée à l'adoption. Annie C., dans les Yvelines, allait effectuer la recherche de mon dossier et me tiendrait au courant.

En gros, je mis toutes les chances de mon côté pour arriver à soutirer un minuscule détail, un quelconque renseignement, une toute petite piste sur mon histoire originelle. J'interrogeai aussi toutes les personnes qui avaient, de près ou de loin, versé dans l'adoption.

Cette fois, en revanche, je ne tenais pas à impliquer les membres de la famille de maman et encore moins à les inclure dans mon investigation. Je voulais y arriver sans leur aide. Ça m'avait fait trop mal, dix ans plus tôt. J'avais eu le sentiment désagréable d'en avoir dérangé certains qui m'avaient jugée, presque insultée, trouvant ridicule et inutile d'aller remuer ces vieilles histoires sans intérêt. Pour eux, j'avais eu des parents, j'avais été élevée, même gâtée, surtout aimée, c'était le principal. Ça devait bien suffire. Selon eux, il était impensable d'aller toquer chez une famille qui avait fait une croix sur moi. Si le secret était si bien gardé, ce n'était pas pour rien. S'ils avaient avoué ma naissance et reconnu mon existence, ça les aurait éclaboussés, j'aurais sali leur réputation et détruit leurs projets, empêché leurs ambitions de se réaliser peut-être aussi. Comme d'habitude, je ne pouvais m'en remettre qu'à moi-même. C'était une évidence.

Chapitre 42

Après deux mois de préparation assidue de mon roman – la trame était déroulée, les personnages et leurs itinéraires solidement ficelés –, je me lançai dans sa rédaction fin mai, et écrivis une bonne centaine de pages qui équivalait au double une fois imprimée.

Un week-end en famille à Disneyland et la première communion d'Hermine me détournèrent à peine de ma mission sacrée. La pression était au plus haut, je me l'imposais à moi-même.

Côté administratif, les choses se débloquèrent progressivement. Annie C., du conseil général des Yvelines, me contacta et me confirma que mon dossier était chez eux. C'était un miracle ! Je passai deux heures au téléphone et lui demandai de me certifier que si un dossier avait été ouvert, c'était bien parce qu'il contenait des indices. Oui, c'était bien le cas. Aucun dossier ne pouvait être vide à son sens. Il me fallait juste patienter plusieurs semaines avant de pouvoir le consulter en personne. La procédure était longue. Il faudrait venir accompagnée d'un proche, ça pouvait être un choc. Un espoir immense et inattendu venait de germer dans mon esprit pourtant prudent, voire méfiant, et qui s'était toujours organisé pour éviter la déception et l'amertume.

Et puis le directeur de l'œuvre d'adoption de Marseille me rappela. Mon courrier avait atteint son objectif. Les lois s'étaient assouplies, en effet : je pouvais venir éplucher mon dossier, même s'il ne renfermait rien d'important, mais c'était toujours ça. Je prévis donc de faire un aller-retour fin juillet dans le sud de la France.

Les vacances étaient imminentes et je redoutais de voir mon élan coupé au plus mauvais moment. Avant de boucler les bagages, je lançai tout de même la piste des professionnels.

D'abord la journaliste Patricia Fagué, qui avait travaillé derrière la caméra pour l'émission *Perdu de Vue*, présentée par Jacques Pradel, et monté son site pour retrouver des gens qui avaient tout planté et pouvaient avoir atterri ou reconstruit leur vie n'importe où dans le monde. Dans son ouvrage intitulé *Né sous X, Enquête sur l'abandon*, que je venais de dévorer d'une seule traite tant il résonnait et faisait directement écho à mon cas, elle affirmait que l'œuvre de l'adoption de Marseille était l'antenne de la Fondation d'Heucqueville pour la Provence. Elle avait mis à jour un véritable trafic d'enfants entre les années 50 et 70, et décrit comment cette fondation avait détourné l'argent des familles génitrices comme des familles adoptives, rabattu des enfants « biens nés » vers des familles aisées, trafiqué des dates et lieux de naissance pour fausser les pistes au maximum, et agi plus ou moins illégalement.

Ensuite, je joignis par email l'agence Fabrice Brault Investigations dont j'avais visionné quelques vidéos bouleversantes de retrouvailles enfants/parents d'origine sur *Youtube*. Enfin, j'écrivis à un dernier détective privé basé à Paris.

Je manquai malencontreusement l'appel de Patricia Fagué sur mon portable et ne réussis jamais à la recontacter bien que son numéro de mobile se fût affiché. Mes échanges avec l'agence FBI se limitèrent à quelques emails, et le dernier en date, auquel j'avais joint tous les documents officiels en ma possession, vieux livret de famille de mes parents, jugement d'adoption et tutti quanti, sans omettre d'y ajouter une chronologie détaillée de mon affaire, resta bizarrement sans suite.

Je partis donc sur la route des grandes vacances en songeant que j'avais lancé des bouteilles à la mer et n'avais plus qu'à prier qu'une bonne âme les repêche. Convaincue aussi qu'il était urgent de faire une pause dans mon roman et ma recherche qui m'empêchaient de consacrer du temps à ma priorité absolue : mes filles et mon mari.

Chapitre 43

Un soir de juillet, mes espoirs s'écroulèrent sur l'île de Paros. Mon téléphone portable sonna tandis que je sortais de ma douche. C'était Annie C., du conseil général des Yvelines. Mon sang ne fit qu'un tour. Je ne m'attendais pas à avoir de ses nouvelles si rapidement. Elle avait mon dossier entre les mains. Aussi étrange que cela puisse paraître, il était vide. Rien. Zéro. Juste un mince feuillet qu'elle allait m'envoyer mais qui ne contenait rien que je ne susse déjà. Elle n'avait jamais vu ça, ne comprenait pas comment c'était possible, était sincèrement désolée pour moi. Je pouvais la rappeler si besoin, bien que cette piste s'arrêtât là.

Je raccrochai désespérée, anéantie par tant d'injustice, et ne refoulai pas mes larmes sur l'épaule de mon amie Kulu. J'avais enfoui tous mes espoirs dans ce dossier, car je savais pertinemment que je ne trouverais rien de nouveau dans celui de Marseille. Et j'y avais tellement cru. Que peut-être un prénom en sortirait – rien que ça –, que j'apprendrais quelque chose, un infime détail, la date ou le lieu de naissance de ma génitrice, n'importe quoi qui permettrait de lancer une enquête sérieuse. Mais non. C'était mort.

Je sus d'emblée qu'il allait falloir m'accrocher à autre chose pour étouffer cette déception majeure qui allait me ronger encore des années. Un projet bien costaud pour m'accaparer, me détourner de cet échec cuisant, de cette amertume empoisonnante. Pour ne pas me dire que je n'étais qu'une incapable, une bonne à rien, que les entreprises dans lesquelles je me jetais à corps perdu n'aboutissaient jamais. Je n'étais probablement pas lucide sur le fait qu'elles étaient bien souvent trop ambitieuses, démesurées.

En rentrant, je renonçai presque à faire un saut à Marseillc. J'avais déjà lâché l'affaire, rangée dans un placard que je rouvrirais peut-être un jour, quand je serais plus vieille, que tout le monde aurait disparu, et que – sait-on jamais – ça ne me tourmenterait plus autant. Mais Marc me convainquit de faire ce voyage, pour que je n'aie pas de regret.

Alors je me résignai. Péniblement. En me disant qu'après, ce serait fini. Je me levai aux aurores, pris l'avion, puis un taxi. Ma vie défila, je me penchai encore une fois sur sa lourdeur en regardant la Canebière, sans vraiment la voir, par la fenêtre. Je pensais à Jeanne, à Arnoux, à notre rencontre à tous les trois, dont je n'avais aucune trace. J'imaginais maman, bouleversée, me prendre dans ses bras pour la toute première fois. Je la revoyais m'aimer sans limite comme elle avait aimé Sophie, sa « vraie » fille, jusqu'à garder pour elle seule le fait qu'elle allait mourir, afin que ma sœur n'ait aucun doute et poursuive une existence presque normale jusqu'à la fin. Je me souvenais de la générosité de Jeanne, de ses extravagances, du don de soi qui avait été un si bel exemple pour moi, son autre petite fille. La voiture me posa juste devant. Le chauffeur, plutôt sympa, me glissa sa carte de visite, et je lui annonçai sans attendre que je l'appellerais plus tard, pour repartir dans l'autre sens.

Après avoir franchi une lourde porte ancienne, je montai une volée de marches. Interminable. J'y étais. Je n'avais pas faibli. On m'accueillit très gentiment, on me réitéra le discours cent fois ressassé à ceux qui cherchaient à remonter à la source de leur existence, et puis on me laissa dans une pièce face à une pile de papiers. J'avais acheté un déjeuner à emporter et une bouteille d'eau mais n'y touchai pas. J'ouvris l'épaisse chemise cartonnée et parcourus en diagonale les lettres, les documents parmi lesquels quelques photos s'étaient glissées, que je n'avais jamais vues. C'était moi, enfant. Souriante, l'air heureux. C'était moi, avant que papa nous quitte. Et puis au lieu de tout lire, ce dont je n'avais concrètement pas le temps, je demandai à faire des photocopies, de façon à me poser calmement, chez moi, plus tard, pour les consulter, quand l'envie m'en prendrait. Les minutes filaient, je n'eus le temps que de copier quelques lettres et finis par prendre des photos, avec mon téléphone portable, des feuilles que je jugeais les plus pertinentes.

De cette journée je n'appris rien d'essentiel à part que Jeanne voulait au départ adopter deux enfants. Un garçon et une fille. C'était déjà beaucoup. C'était mieux que rien du tout. Et puis on me donna le nom d'une femme qui était encore vivante en me disant qu'il pouvait s'agir de celle qui m'avait accompagnée jusqu'à Marseille.

Dès mon retour à Suresnes, je décrochai le combiné mais me heurtai à une dame très âgée qui ne se rappelait rien de particulier et me conseilla assez brutalement de laisser tomber, de stopper mes recherches. Et je reconnus là, instantanément, l'esprit mensonger des années 60 et 70 qui m'avaient tant frappée dans le livre de Patricia Fagué, où le secret était plus fort que tout. Probablement parce qu'il cachait aussi des manœuvres financières pas claires des plus hautes sphères de France.

Quelques passages me revinrent alors en mémoire :

« ... les docteurs d'Heucqueville veillaient à ce que les déléguées, et principalement celles qui exerçaient la profession de sage-femme soient recrutées à l'âge de la retraite. (...) bien que tenues au secret professionnel, elles constituaient la seule 'piste' concrète pour un enfant à la recherche de ses racines. Or, plus elles avançaient en âge, moins les chances qu'elles soient toujours de ce monde au moment où l'enfant se lancerait dans sa quête seraient grandes. »

« Le système fonctionne toujours sur le même modèle et plus que jamais par cooptation : on retrouve à la tête de ces associations les mêmes juristes, les mêmes médecins, les mêmes ecclésiastiques et les mêmes ministres. Pour n'en citer qu'une, l'œuvre de l'Adoption est toujours représentée (...) par d'aussi honorables personnalités que les cardinaux Lustiger – archevêque de Paris – et Vachon – ancien archevêque du Québec –, le président d'honneur de la Conférence des Bâtonniers (...).

Ce puissant lobby adoptif, composé de catholiques fondamentalistes farouchement opposés à l'avortement et favorables au maintien de l'accouchement 'sous X' empêche que les œuvres d'adoption, dont ils restent les premiers clients, soient assujetties à un contrôle qui, dans les textes, va pourtant en s'alourdissant. Le culte qu'ils vouent à cette 'valeur fondamentale' qu'est le secret, l'option de conscience dont certains bénéficient, restent des obstacles majeurs à l'application de lois au-dessus desquelles ils placent la 'morale' ».

Tout m'incitait à arrêter net mes recherches. Je ne me sentais pas le courage d'affronter tout cela. En 2003, j'avais eu affaire à la famille de Jeanne. Là, on parlait d'autre chose. De gros gibier, d'hommes politiques archi connus, de personnalités. D'intouchables. Je ne faisais pas le poids.

Chapitre 44

J'ai tout remisé au grenier, dans des pochettes à élastiques Clairefontaine : mon roman, mes cartes mentales multicolores, mes fiches de personnages sur bristols, les quelques pistes sur mes origines lancées à droite à gauche sans trop vraiment y croire. L'affaire Madeleine Vincente ne serait jamais élucidée. Voilà tout. Il fallait me faire une raison. Soit elle continuerait de me harceler, soit il fallait que je la tue pour l'oublier, mais je ne savais pas comment m'y prendre.

C'était si dur à avaler que je dus partir en quête de quelque chose de gros et d'ambitieux. Je devais aboutir un énorme projet, réussir une recherche personnelle. Alors je nous cherchai un autre logement à Suresnes parce que les maisons avaient toujours été associées au ventre originel dans mon esprit. Une vieille bicoque se mit en travers de notre chemin, qui demandait une restauration de fond en combles ainsi qu'une extension, mais un second acheteur fit une offre supérieure à la nôtre. J'avais fait le tour des annonces. Rien d'autre ne convenait.

Marc me suggéra alors de repenser complètement notre propre maison. Il avait probablement compris qu'il m'était vital de me lancer dans un chantier pharaonique pour boucher le vide abyssal au-dessus duquel je ne voulais pas rester plantée, à contempler le néant, comme Jeanne l'avait fait après la mort de papa. Et il m'aida à regarder devant, fit un emprunt pour financer les travaux dont je m'étais empressée d'établir la liste détaillée, me laissa carte blanche. Il était très occupé par son job.

Je pris les conseils d'une amie architecte d'intérieur, Alex, et l'embauchai pour être mon maître d'œuvre. À défaut d'avoir abouti ma recherche d'origine et mon roman, ce projet-là devait être une réussite.

Je voulais que notre maison remise à neuf fasse le bonheur de tout le monde et non seulement le mien. Que chacun y trouve son compte car le bonheur ne vaut que s'il est partagé. J'avais bien conscience que ce n'était pas le moment idéal pour mon mari. Il venait de démarrer chez un nouvel employeur et subissait une forte pression. Je me rendais bien compte du sacrifice qu'il allait faire pour moi, et lui en étais reconnaissante et infiniment redevable. Il rêvait d'une cheminée. Je commençai par là et attaquai, au même moment, la réfection de sa salle d'eau. Je poursuivis par les mezzanines des filles et la peinture des derniers étages. Lou et Hermine pâtissaient de mes humeurs changeantes au gré de mes angoisses, elles aussi avaient le droit de profiter de tous ces chamboulements et de déguster leur part de gâteau. Quant aux travaux du rez-de-chaussée, ils allaient demander plusieurs mois, entre l'élaboration du projet, la préparation, les commandes et le chantier, et ne s'achèveraient qu'au printemps. Ça promettait d'être long et pénible.

Et puis comme si ce n'était pas suffisant, le problème de taille se propagea à notre fille la plus jeune. Elle aussi allait devoir suivre le même traitement, on ne pouvait pas y échapper. Le coup de massue. Une vague d'inquiétude ne tarda pas à m'envahir et ouvrit les vannes aux pensées les plus noires sur la santé de mon enfant, et à un profond scepticisme lié aux doses élevées que j'allais devoir lui injecter tous les soirs. Je reculai le plus tard possible le début du traitement pour essayer de digérer la nouvelle donne, et d'intégrer le fait que mes deux filles allaient devoir supporter des années les conséquences de ma petite taille. Il était évident que si j'avais su d'où cet atavisme venait, ça aurait été moins douloureux. Finalement, ces soucis-là me replongeaient invariablement vers le même constat : j'ignorais d'où je venais.

Alors quand un client m'appela pour me demander de lui chercher une maison, j'acceptai sans réfléchir. M'assommer de travail et de missions faisait partie de mes précieuses techniques pour oublier Madeleine Vincente car je ne l'avais définitivement pas massacrée. Elle se terrait encore là, juste à côté, prête à bondir à la moindre faute de carre, prête à me détruire.

Chapitre 45

Nous avons passé six mois dans des nuages de poussière, tout l'automne et tout l'hiver. Je ne pouvais plus rien avaler, m'étranglais à chaque bouchée, recrachais bruyamment les aliments pour finir par absorber mes repas avec une lenteur exaspérante. Je perdis l'appétit et du poids. J'étais furieuse et frustrée de n'avoir pas pu aller au bout de mon histoire et, plus encore je crois, de n'avoir pas su l'inventer grâce à mon roman. Début 2014, notre maison fut entièrement chamboulée, ne faisant que refléter avec une étonnante perfection mon état intérieur.

Durant des semaines, j'avais trié toutes nos affaires, jeté, donné, vendu sur Le Bon Coin une montagne de vêtements, de jouets, de mobilier et d'accessoires pour faire place nette. J'avais aussi vidé l'intégralité du rez-de-chaussée à répartir un peu partout dans la maison. C'est à peine si nous avions la place de circuler tant les meubles s'entassaient dans le salon, collés les uns aux autres. Une cloison éphémère fut montée en haut de l'escalier de l'entrée et percée d'une porte, pour nous séparer du chantier et de la saleté du bas où tout allait être cassé à coup de masse et de marteau-piqueur.

Quand la démolition démarra, j'étais aux premières loges. C'était impressionnant : le bruit ne cessait pour ainsi dire jamais et les particules de poussière s'infiltraient par tous les interstices pour se déposer absolument partout, à l'horizontale comme à la verticale.

Il m'était difficile de travailler dans ces piètres conditions mais je l'avais bien voulu et l'assumais. J'avais refusé qu'on habite ailleurs et préférais tout surveiller de près comme un commandant de bord, agrippé à son navire, qui préfère sombrer avec lui, question d'honneur. J'acceptai même d'autres missions immobilières et héritai de la restructuration d'une maison. En plus des étranglements, les migraines et les insomnies envahirent mon quotidien. J'en avais trop sur le dos.

Notre chantier avança à une vitesse ahurissante. Alex n'en revenait pas. Je descendais toutes les heures pour fumer sur la terrasse et rattrapais ainsi chaque erreur en temps réel. Pas une minute ne fut perdue. Le jour du printemps, c'était presque fini. Il ne restait plus que les finitions et un dernier coup de peinture. On démonta la cloison, on replaça le mobilier. J'étais vidée, usée, en manque notoire de sommeil, et dus lâcher l'un de mes clients en cours de route. Mais le résultat était beau. C'était une réussite. Ce projet-là, au moins, avait abouti. Il ne nous restait plus qu'à le savourer.

Une famille idéale dans une maison idéale, telle était mon ambition ultime.

Chapitre 46

Nous n'avons pas eu le temps de profiter de ce nouveau cocon, à peine celui d'inviter quelques amis à boire un verre et à danser dans la cuisine flambant neuve. Un vendredi soir de juin, Marc me téléphona depuis son bureau. Il n'allait pas rentrer dîner, avait quelque chose à m'annoncer. L'après-midi, j'étais tombée de tout mon long dans la rue en courant, juchée sur mes talons trop hauts pour gagner quelques centimètres. Un signe, un coup du sort, comme si mon corps voulait encore me prévenir qu'il fallait songer à appuyer sur la touche « pause », arrêter de courir dans tous les sens et surtout de fuir, et prendre le temps de vivre, de réfléchir et de comprendre. Mon entorse me faisait souffrir mais je continuais de travailler d'arrache-pied.

Cette fois, c'est Singapour qui appelait Marc à son chevet. Son boss avait un poste taillé sur mesure pour lui. Je tombai de mon tabouret de bar. Il en était hors de question, c'était au-dessus de mes forces. Je venais de traverser une année éprouvante et reprenais à peine une vie normale. Je me voyais mal repartir comme en quarante dans un tourbillon d'organisation, de gestion, de planification, de déménagement et d'inscriptions. Sans oublier les traitements médicaux des filles. Ça n'était pas le bon tempo. Le dossier était clos.

Pourtant, je ne fermai pas l'œil de la nuit, torturée autant par mon pied endolori que par mes affreux doutes. Maman m'avait toujours dit qu'une épouse ne devait pas bloquer la carrière de son mari. J'étais écartelée. Partir ou rester, aucune des solutions ne trouvait grâce à mes yeux. Le week-end passa où je ne voulus pas en parler aux enfants. Cette décision, trop lourde de conséquences, ne leur incombait pas.

Le lendemain, 9 juin 2014, jour de la sainte Diane, était un lundi de Pentecôte. J'avais mieux dormi. Et sur un coup de tête, décidai que le bien-être de mon époux passait avant le mien. Qu'après tout, c'était une occasion à saisir, et je n'étais pas du genre à laisser passer les opportunités. Le sourire de mes filles et la gratitude de Marc allaient me suffire. J'en étais persuadée. Et les grands changements m'avaient toujours portée. Je prévins Marc tout de suite, la décision était prise. Je ne sais pas s'il s'en étonna. Mais une chose était sûre : la machine était lancée.

Et l'eau du bain déborda avant même notre départ. Les robinets étaient grand ouverts et allaient tourner dans le vide, impossibles à refermer.

Pendant les vacances d'été, que je passai à tout organiser, à gérer le transport et le stockage des traitements et à chercher un logement sur internet, Marc me confia ses appréhensions sur notre départ en Asie, si vite décidé et si peu réfléchi. Je lui répondis que j'avais confiance, comme pour Atlanta, ça ne pouvait être qu'une expérience enrichissante et une formidable aventure familiale. Je réussis à le rassurer, alors qu'en mon for intérieur, je marchais vers ma condamnation. Consciente que nous en étions déjà trop loin, sur tous les plans, que nous ne pouvions plus enclencher la marche arrière. Ne me restait plus qu'à foncer, si possible, sans m'arrêter sur les sacrifices que j'allais devoir faire. Car comme le disait souvent Marc : « choisir, c'est renoncer ».

Alors j'ai quitté Suresnes en me disant que je pourrais tout oublier ; c'était une façon comme une autre de me reconstruire et de fuir Madeleine Vincente. Après Singapour, on irait à New York rejoindre le siège de l'employeur de Marc. On ne reviendrait probablement jamais en France, du moins pas avec les enfants. On était bel et bien partis, pour de bon, pour toujours, pour dix bonnes années au moins en tout cas, c'était sûr, presque écrit.

Chapitre 47

N'attendez pas de moi que je vous raconte la belle et tropicale Cité-État de Singapour. Mises à part les fabuleuses rencontres et les sincères amitiés que nous y avons nouées, tout m'y est devenu insupportable et indigeste, lentement, au fil des mois qui s'écoulaient et se ressemblaient jour après jour, faute de saisons : la chaleur oppressante, les orages effrayants, la nourriture, les odeurs, les galeries commerciales clinquantes, les écrans omniprésents, les rues policées, les serpents et les singes, les voitures de milliardaires, les ascenseurs ultra modernes, la climatisation à outrance, les *maids* ramollies qui vous tiennent la porte d'un air béat et les moustiques qui menacent de vous transmettre le virus de la dengue.

Ces manifestations à la limite de l'allergie ont été ma façon de rejeter en bloc tout ce qui allait de travers. À commencer par l'échec de l'enquête sur mes origines, impossible à digérer. Mais aussi les absences de Marc – que je voyais plus en *Facetime* qu'en chair et en os – dont le rythme infernal de travail me rappelait constamment celui de mon père ;

l'adolescence de mes filles à laquelle j'étais incapable de faire face dignement ; les valeurs qui nous entouraient et auxquelles je n'adhérais pas car elles ne collaient pas à l'image immaculée que je m'étais toujours faite de la famille idéale. Sur notre paysage idyllique planait l'ombre de l'abandon, protéiforme et implacable. L'équilibre et le bonheur sont devenus des points imaginaires que je fixais dans le vide, et je me suis rendu compte que si je ne faisais rien, ils allaient disparaître.

Or, tous les ingrédients d'une vie heureuse étaient là, sous nos yeux, dissimulés derrière les mines réjouies de nos nouveaux amis, les haies de végétation luxuriante et les façades des *shophouses* colorées et des maisons *black and white*. Il suffisait de les cueillir, de les assembler en un bouquet parfait qui aurait pu embaumer et égayer notre salon.

Je n'ai pas su le faire pour la simple raison que je ne me sentais pas en sécurité – nous vivions pourtant dans l'une des villes les plus sécurisées au monde – et n'avais plus accès à mes techniques de survie telles que le travail acharné ou les travaux d'embellissement. Je me suis résolue, après un an, à clôturer ma société de chasse d'appartements, la mort dans l'âme. Je me suis crue emprisonnée et me fanai peu à peu, comme une plante verte privée d'eau et de lumière.

J'ai bien tenté de me reprendre, de me discipliner à coup de maigres listes, de sudokus, de mots fléchés, de sommeil chronométré ou de cours de gym en excès au point d'en dispenser moi-même à mes bonnes copines. J'ai aussi arrêté le Coca dont je buvais quelques verres tous les matins depuis les États-Unis.

Je suis allée jusqu'à adopter une petite chienne qui a endossé le rôle d'un troisième enfant, épongé mes angoisses croissantes, mon anxiété permanente et mes crises de panique récurrentes. Je l'ai baptisée XS, un nom qui pouvait au choix signifier *extra small* – comme moi – pour la galerie, ou dévoiler le X de ma naissance, la faille, la fondation de mon existence, aux personnes plus averties.

J'ai bien pensé à reprendre l'écriture aussi bien sûr, mais je ne m'en sentais plus la force, je n'avais plus l'élan originel et nécessaire qui permet d'accomplir des miracles. Dans un dernier sursaut, je me suis lancée dans une formation à distance au long cours en architecture d'intérieur, pour essayer de m'occuper l'esprit et de remplir tout ce qui s'était vidé.

Tout cela fut stérile. J'avais bel et bien dégringolé la pente de la montagne jusqu'en bas et atteint la vallée pour finalement me noyer dans le fleuve.

Les troubles psychosomatiques sont revenus, plus intenses, plus fréquents, et m'ont pilonnée jusqu'à me démolir. J'étais prise, selon les jours, de vertiges, de palpitations, de trous noirs, de tremblements, de maux divers et variés. Les phobies et l'hypocondrie se sont amplifiées. J'ai perdu mon intégrité, ma confiance, mon sourire et toute mon énergie, et me suis détraquée comme un vieux jouet usé jusqu'à la corde. Tous les systèmes de protection savamment mis en place durant des années se sont évanouis. Je suis tombée malade mais j'ai refusé les cachets car dans ma mémoire, ils avaient tué Jeanne. J'ai cru à tort que le schéma familial de mes parents adoptifs et Sophie allait se reproduire, que ma fille aînée allait donc mourir, que mon mari me tromperait et que j'allais y laisser ma peau. Seule Hermine n'était pas concernée par ces transferts morbides, ces amalgames macabres, et je la regardais encore comme un soleil, une étoile scintillante, une promesse de bonheur, au bord de la piscine.

Nous sommes rentrés en France, à ma demande, en juin 2016. Et c'est là que j'ai su que je n'avais plus le choix. Il fallait que j'affronte, que j'écrive, que je raconte le monstre que je ne terrasserai peut-être jamais. Madeleine Vincente. Alors je me suis enfermée et j'ai arrêté de conduire. Car j'arrêtais de fuir.

Nous sommes retournés en novembre à Lorgues sur la tombe de mes parents, mais je n'ai pas pu rendre visite à Dina ni la prendre dans mes bras pour lui dire adieu. Elle était morte en août, à quatre-vingt-dix-sept ans, sans que je la revoie. Mais je sais qu'elle aurait été fière de moi.

Épilogue

Singapour, mardi 7 octobre 2014, dans un appart-hôtel du centre

« Objet : Dossier CNAOP 13AO-091-147-13.205

Bonjour,

J'ai eu un appel de la personne qui pourrait être votre mère de naissance. Malheureusement, elle m'affirme ne pas avoir eu d'enfant en novembre 1969.

Je lui ai expliqué la situation et vos attentes notamment par rapport à vos problèmes de santé, mais elle me dit ne pas connaître la clinique de Brunoy ni l'œuvre de Marseille et il n'y a pas de problème de santé lié à la taille chez les membres de sa famille.

Je ne peux savoir si c'est elle ou pas, c'était une piste qui débouche sur une impasse.

Je suis navrée de vous avoir donné de l'espoir, mais il me semble qu'il fallait aller jusqu'au bout.

Je vais donc clôturer provisoirement votre dossier et vous envoyer par scan ce courrier. Je suis bien évidemment à votre disposition pour tout échange par mail ou téléphone,

Bien cordialement,

Catherine L.

Conseil National d'Accès aux Origines Personnelles. »

Le lendemain, nous avons emménagé dans une maison de location qui allait nous abriter deux ans. J'étais ravagée. Madeleine Vincente était venue me chercher à l'autre bout du monde et m'avait crucifiée.

Depuis ce jour, le mystère reste entier. J'ai compris que je devais vivre avec lui. Mais en vous le racontant, j'ai ravivé l'espoir de le percer et de vieillir en paix.

Un jour, peut-être, si Dieu le veut.

Du fond du cœur, merci

L'écriture de ce récit m'a plongée dans une solitude extrême. Seule XS a pu être témoin des accès de folie et de souffrance liés à l'abandon dans la situation duquel je me suis mise et remise pour écrire. C'est pourquoi je me suis entêtée à en réduire l'échéance finale.

Merci à Marc, mon mari chéri, mon plus grand fan s'il en est, soutien indéfectible et premier lecteur durant ces quelques mois et nos dix-huit ans de vie commune.

Merci à mes filles adorées, Lou et Hermine, d'avoir supporté la maman imparfaite que je suis, enduré mes colères, mes reproches et tout ce qui fait que je suis autant Diane que Madeleine.

Merci à Mika et à Dad de m'avoir accueillie dans leur famille comme la fille qu'ils auraient aimé avoir, et pour leur aide et leur écoute lorsque j'étais au fond du gouffre.

Merci à mes ami(e)s de Singapour d'avoir fait naître en moi la force et le courage de m'arrêter, réfléchir, mûrir ce récit et le coucher sur le papier.

Merci à mes ami(e)s de Paris et d'ailleurs d'avoir partagé le meilleur de la vie en me faisant rire, boire et danser depuis si longtemps.

Merci à Amaury et Véronique de Beaumont, mes cousins « d'en face », pour leur présence quotidienne et rassurante.

Merci à ma marraine d'être revenue vers moi après quatorze longues années de silence.

Merci à Anne Lefèvre d'avoir cru en moi et de m'avoir aidée et soutenue dans l'écriture depuis 1997.

Merci à Élisabeth et Alain Lefebvre de m'avoir offert la chance de devenir journaliste.

Merci à Muriel Bauer de m'avoir écoutée et appris à surmonter mes émotions depuis Singapour.

Merci aux membres de ma famille qui m'ont laissée faire mon chemin sans me juger.

Merci à Jeanne et Arnoux, là-haut dans le ciel, de m'avoir adoptée et aimée, et de continuer, tels des anges gardiens, à me protéger et à me guider.

Merci à Dina d'avoir existé.

Enfin, merci à celle, dont j'aimerais tant connaître le visage et entendre la voix, qui m'a donné la chance de vivre.

Une pensée spéciale pour Violaine, Shoba, Laure, Jérôme, Emmanuel et Armelle qui se reconnaîtront car ils savent ce qu'être abandonné et adopté signifie.

Puisse ce témoignage alimenter les associations, les organismes et les dirigeants français qui luttent pour un aménagement de l'accouchement sous X et contre le secret des origines qui continue de l'entourer sauvagement.

Bibliographie sommaire

La seule de ma race, de Nathalie Daysse, Éditions du Toucan, 2009

Née sous X, L'enquête interdite, de Sabine Menet, Lemieux Éditeur, 2016

Né sous X, Enquête sur l'abandon, Patricia Fagué, Carnot, 2004

Parole d'adopté, de Joëlle Gravelaine et Fabrice Delfieu, Albin Michel, 1990

Enfant de personne, Pierre Verdier et Geneviève Delaisi, Odile Jacob, 1999

L'enfant adopté, Nancy Newton Verrier, Éditions De Boeck Université, 2004

Le secret sur les origines, problèmes psychologiques, légaux, administratifs, Pierre Verdier et Michel Soulé, Les Éditions ESF, 1986

L'adoption, Fanny Cohen Herlem, Le Cavalier Bleu, Idées reçues, 2002

Splendeurs et misères de l'adoption, ouvrage collectif, Éditions Autrement, 1998

Née de père et mère inconnus ou Le droit aux origines pour les abandonnés/adoptés, Annette Blain, L'Harmattan, 1995

Le secret de famille, François Vigouroux, Hachette Littératures, 2002

L'âme des maisons, François Vigouroux, Hachette Littératures, 2003

L'empire des mères, François Vigouroux, Hachette Littératures, 2004

Un bébé mais pas à tout prix, Brigitte-Fanny Cohen, Jean-Claude Lattès, 2001

On dit que les orchidées... Récit d'une femme née sous X, Anne da Costa, Presses de la Renaissance, 2001

Au monde, ce que qu'accoucher veut dire. Une sage-femme raconte, Chantal Birman, Éditions de La Martinière, 2003

Retrouvez-moi sur : www.dianedemonteynard.com
et sur Facebook : https://m.facebook.com/madeleinevincente/

FSC
www.fsc.org
MIXTE
Papier issu
de sources
responsables
Paper from
responsible sources
FSC® C105338